잘 익은 걸로

SEOUL, 2018

잘 익은 걸로

초판 제1쇄 인쇄일 2018년 9월 25일
초판 제1쇄 발행일 2018년 10월 5일
지은이 유타루
발행인 이원주 본부장 김문정
편집 박진희, 장혜란, 고한빈, 김민정 디자인 남희정, 김나영
마케팅 김동준, 김정현, 박병국, 양윤석, 명인수, 이예주
저작권 이경화 제작 정수호
발행처 (주)시공사 주소 서울시 서초구 사임당로 82
전화 영업 2046-2800 편집 2046-2821~4
인터넷 홈페이지 www.sigongsa.com

ISBN 978-89-527-8761-3 43810
ISBN 978-89-527-5572-8 (세트)

잘 익은 걸로

 유타루 지음

시공사

차례

날개를

다쳤거나

접고 있는

영혼들이여

다시 꿈꾸기를

힘껏 날아오르기를

1

후훗, 헤헤헤

빗줄기가 점점 굵어졌다. 낡은 운동화 뒤꿈치가 벌써 축축했다. 빗물 덩어리들이 몸집을 불리면서 나를 앞질렀다. 좁고 구불구불한 골목을 물뱀처럼 미끄러져 내려갔다. 투둑, 모자챙에 물방울이 떨어졌다. 우산에 난 구멍에서 물방울들이 달랑달랑했다. 우산을 쌩쌩 돌렸다. 조금이라도 덜 새라고. 열일곱 인생에 뚫려 버린 구멍 같아서.

사람 많은 토요일이라 해도 비 오는 날은 공칠 확률이 높다. 그래도 알바를 건너뛸 마음은 쥐며느리 새끼발톱만큼도 없다.

골목 어귀로 나오며 모자챙을 아래로 꾹 눌렀다. 도로를 꽉 메운 차량이 빗줄기 속에서 엉금엉금 움직였다. 도로 건너편에서 나를 굽어보는 듯한, 화려한 초고층 쇼핑몰이 오늘따라 영 불편했다.

일터가 있는 지하도 쪽으로 일부러 당당하게 걸었다.

4번 지하도 출입구. 사람들이 개미 떼처럼 줄지어 오르락내리락했다. 나는 우산을 접고 지하도를 내려갔다. 환승역인 지하는 항상 그러하듯 붐볐다. 쇼핑몰 특판 세일에 몰린 사람들까지 뒤엉켜 혼잡스러웠다.

화장실 칸막이 안으로 들어갔다. 알바를 시작하기 전에 꼭 거치는 곳. 여태 들고 있던 상의 추리닝부터 입고, 바지 앞지퍼를 내렸다. 알바 중에는 움직일 수 없으니 미리 볼일을 봐 놔야 한다. 아랫배에 힘주어 한 방울까지 쥐어짰다. 추리닝에 달린 모자를 챙 달린 모자 위로 뒤덮었다. 최대한 얼굴을 가리는 게 좋다. 알 없는 검은 뿔테 안경을 콧잔등에 걸쳤다.

변장을 마치고 화장실에서 나와 7번 출입구로 방향을 잡았다.

처음에는 3번 출입구에서 일을 시작했었다. 열한 개의 구멍 중 사람들이 가장 많이 드나들기 때문이었다. 그런데 뭐좋은 개살구라고 일한 시간에 비해 들어오는 게 기대 이하였다. 그래서 고심하다가 7번 출입구로 옮겼는데, 아주 성공적이었다. 사람 수로 따지면 7번은 3번에 비해 절반 정도밖에 안 되지만 수입은 많으면 많았지 절대 적지 않았다. 일한 지 벌써 두 달이 다 되는데 아직 그 이유를 모르겠다.

7번 출입구 계단을 천천히 올라갔다. 언제나처럼 중간쯤에서 그만 발목을 삐끗하고 말았다. 아, 아! 다른 때보다 더 인상을 구기며 바닥에 주저앉았다.

바로 여기다. 시행착오 끝에 얻은 명당자리. 내겐 둘도 없는 금싸라기 땅!

발목을 주무르는 척하다 사람들이 뜸해진 틈을 타 재빨리 무릎을 꿇고 엎드렸다. 그 자세로 허리춤에서 작은 상자를 꺼냈다. 구겨진 모서리를 바로잡고 두 손으로 받들어 머리 위로 내놓았다. 몸을 더 바짝 낮추었다.

알바 준비 완료!

이제부터는 기다림, 시간과의 싸움이다.

또각또각, 삭삭, 뚜벅뚜벅, 탁탁, 자박자박, 슥슥. 발소리들이 내 신경을 쉼 없이 자극하며 오고 갔다. 발걸음들을 따라 낮게 흘러 다니는 미세 먼지들. 다행히 계단이 빗물에 젖어 재채기는 나오지 않고 코만 매캐했다. 그래도 마스크를 챙기지 못한 나 자신을 책망하지 않을 수 없다.

"쯧쯧쯧……."

오늘도 혀를 차는 소리가 내가 원하는 것보다 먼저 상자 안에 떨어졌다. 순간 생략된 말들이 뇌 구석구석을 어지럽게 들쑤셨다. 어디 할 짓이 없어서, 대가리에 피도 안 마른 것이, 공부나 할 것이지, 멀쩡하게 생긴 놈이 이런 짓을! 탕탕, 따가운 눈총도 몸 곳곳에 박혔다. 거지새끼, 버러지 같은 놈, 빌어먹다 뒈질 놈, 네 인생 땡이다!

후훗!

속으로 나를 향해 웃었다.

후훗, 후후훗!

살고 싶으니까, 어쩔 수 없이, 가볍게, 나를 위해 웃어 주는 거다, 그냥.

다리가 살살 저렸다. 뒤집어쓴 추리닝 속 열기와 습도가 점차 높아졌다.

20분은 지났을 텐데, 아직 마수걸이가 없다. 예상했던 대로다. 비 올 때와 출퇴근 시간 앞뒤로는 꽝에 가깝다. 그렇긴 해도 경험상 지금은 황금 시간대다. 점심 후 포만감 혹은 쇼핑으로 업 된 기분 때문인지 주말, 평일 할 것 없이 이 시간이 되면 사람들은 곧잘 상자 안에 황금 알을 낳는 거위가 되곤 했다.

좀 더 기다려 봤지만 쩝, 소용없다. 이럴 때는 비상수단을 써야 한다. 주머니에서 동전 두 개를 꺼내 상자 안에 놓았다. 일테면 마중물.

툭.

신기하게도 이 방법은 효과가 있다. 그런데 얼마? 적중 확률 99퍼센트인 손바닥이 감지해 낸 것은 500원. 앗싸. 끈적거림과 불쾌감이 내 살갗으로부터 1미터쯤 쑥 물러났다. 저린 다리를 엇갈려 자세도 마음도 새로이 했다. 톡. 기다림이 지루하지 않다. 톡, 툭, 톡. 베리 굿. 다리를 반대로 엇갈릴 때 비로소 팅, 했다. 상자 바닥에 동전이 웬만큼 깔려서 동전끼리 헤딩한 거였다. 상상했다, 상자 안에 황금 깃털처럼 내려앉는 얼굴들을. 퇴계 이황님, 율곡 이이님, 우리 세종 대왕님! 신사임당님은 지나친 욕심일까?

별안간 작은 소동이 느껴졌다. 머리에서 기분 좋게 그려지던 금빛 얼굴들이 모래처럼 흩어졌다. 계단을 규칙적으로 오르내리던 발걸음들이 방향을 잃고 잠시 우왕좌왕했다.

무슨 일? 혹시 단속반?

돈 상자를 움켜잡았다가 도로 놓았다. 지레 쫄 것 없다. 쇼핑몰이나 지하 점포의 눈엣가시는 잡상인이다. 단속은 보따리 잡상인 몰아내기가 우선이다. 게다가 단속반과 잡상인 사이에는 늘 실랑이가 있다. 실랑이하는 사이 다른 잡상인들은 잽싸게 물건을 정리하고 자리를 뜬다. 나는 정리할 물건도 없다. 자리를 툴툴 털고 일어서기만 하면 된다. 굳이 내가 단속 대상이 되어야 한다면 환경 미화 차원일 거다. 도시는 언제나 청결과 정화의 권리를 주장하니까. 이런 때는 삼십육계

줄행랑이 최고다. 튀면 그만인 거다. 훈련을 안 한 지 한참 됐지만, 참가했던 육상 경기가 비록 지역 대회이긴 했지만, 몇 번이나 메달을 목에 걸었던 나다.

분란했던 발걸음들이 질서를 되찾아 갔다. 동시에 어떤 냄새가 풍겼다. 역했다. 여러 냄새가 뒤섞였는데, 중심이 되는 것은 지린내였다.

냄새가 점점 진하게 다가왔다. 제발, 후딱 지나가 버리실래요. 살짝 고개를 들었다. 자분자분 걷던, 더럽고 삭은 구두가 돈 상자 앞에 멈췄다. 곧이어 헤헤헤, 하는 나지막한 웃음소리가 났다. 역한 냄새 덩어리가 낙하산처럼 나를 덮쳤다. 제기랄, 이만 철수다. 상자 안 동전을 집으려는데, 앙상한 손이 동시에 들어왔다. 헉, 금쪽같은 내 돈! 도둑 손을 탁 쳐 내고 동전을 쓸어 주머니에 넣었다. 또 웃는 소리가 났다. 우산과 상자를 가지고 자리에서 벌떡 일어났다. 헤헤헤헤, 늙은 남자가 바로 코앞에서 엉거주춤한 자세로 나를 보며 웃고 있었다.

퀭한 눈, 거뭇거뭇하고 주름살이 굽이치는 얼굴, 세고 뭉개진 머리, 꼬질꼬질한 줄무늬 긴팔 셔츠, 때 절고 얼룩진 감청색 바지, 낡은 검정 구두, 어깨에 둘러멘 낡은 가죽 가방.

계단을 후닥닥 내려왔다. 지하도 자판기 옆 쓰레기통에 빈 상자를 버렸다. 화장실로 들어가 안경과 추리닝을 벗었다.

세면대에서 손을 씻는데, 한순간 노인의 얼굴이 머리에서 프린터처럼 인쇄되었다. 에이, 왕재수, 더 벌 수 있었는데. 돈 든 주머니에 손을 찌른 채 화장실에서 나왔다. 노인 얼굴이 또 인쇄되었다. 가만, 어디서 본 듯한 얼굴이었다. 북적이는 사람들 사이를 지날 때, 노인 얼굴이 파노라마처럼 펼쳐지며 머리를 휘감았다. 분명 아는 얼굴인데. 우산 끝으로 바닥을 콕콕콕 찍었다. 누구, 누구지? 동전을 짤랑이며 4번 출입구로 향했다. 순간 아주 오래된, 잊고 있었던 얼굴 하나가 떠올랐다.

"설마……."

나도 모르게 몸이 부르르 떨렸다. 연막탄을 터뜨린 것처럼 앞이 뿌옇게 보였다. 왔던 길을 되짚어 뛰어가서 7번 출입구 계단을 올려다보았다. 없었다. 주위를 둘러보았다. 분주히 오가는 사람들 속에서 짧은 움직임이 얼핏 잡혔다. 자판기에서 움찔 물러나는 여학생, 그 앞에 노인이 있었다. 상품으로 진열된 과자를 꺼내고 싶은 듯 자판기 유리창을 어루만지고 있었다.

노인 얼굴과 기억 속 얼굴을 비교해 보았다. 머리 센 정도만 서로 달랐다. 거의 하나로 포개질 만큼 서로 닮은 얼굴이었다.

'정말 저 노인이 내가 아는 사람 맞나?'

내 추측이 어긋나기를 바랐다. 제발 그랬으면 싶었다. 그리고 이제 그만 노인에게서 돌아서고 싶었다. 모르는 척 지나치고 싶었다. 노인을 도와줄 사람들이 꽤 있을 거다. 겉으로만 봐도 노인은 나보다 훨씬 불쌍해 보인다. 그러니 신경 꺼도 될 거다. 그렇지만 내 몸은 이런 생각과는 딴판이었다. 자석에 이끌리듯 노인 앞으로 갔다.

"저기요……."

노인이 웃음을 멈추고 나를 보았다.

"혹시, 송만관 선……?"

떨리는 내 목소리처럼 노인의 눈도 흔들리는 것 같았다.

"저, 두공이, 박두공인데, 아시겠어요?"

노인의 눈동자가 동그랗게 모이는가 싶더니 허공으로 힘없이 흩어졌다.

"선생님!"

"헤헤헤, 헤헤헤헤."

노인이 웃으면서 몸을 부르르 떨었다. 누런 물줄기가 노인의 사타구니에서 번져 내렸다. 그의 얼룩진 바지에서 김 같은 게 피어올랐다. 지린내가 더 지독하게 풍겼다. '밥뚜껑, 안 늦었어. 이제라도 빨리 튀어, 등신아.' 하는 울림이 내 온몸에서 공명을 일으켰다.

"배고파, 배고파아……."

노인이 보채고 졸라 대는 아이처럼 자판기 속 과자를 앙
상한 손으로 가리켰다.

2
오늘따라 거슬리는 것들

봉지를 움켜쥔 채 노인은 과자를 아작아작 먹었다. 과자 값으로 오늘 내 수입 일부를 썼다. 돈의 가치는 액수로만 계산되지 않을 때가 있다. 지금이 딱 그렇다. 동전 몇 개가 한순간에 껍질의 벽을 허문 거다. 노인은 알을 막 깨고 나온 조류 새끼처럼 나를 어미로 알고 헤헤거리며 졸졸 따라왔다.

"헤헤헤."

노인이 환하게 웃었다. 나를 신뢰한다는 표정이었다. 아까는 몰랐는데, 노인의 왼편 윗니 하나가 없었다. 오랫동안 닦지 않았는지 이들이 누렇다. 노인은 입가에 묻은 과자 부스러기를 혀를 내둘러 싹싹 핥았다.

그를 '내 기억 속 아는 사람'과 관련지으면서도, 아니 거의 단정 지으면서도, 선생님이라 하지 않고 한사코 노인이라 부르는 것은, 그가 꼴같잖아서 그런 게 아니다. 꼴통 같은 내 머리 때문이다. 아까 기억 속에서 번뜩 떠올린 얼굴은 거의 7년 전 얼굴이다. 초등학교 3학년 때 담임, 그 담임 얼굴. 깜깜하고 둔한 이 머리로 7년 전 담임을 정확히 기억한다는 건 말이 안 된다. 기억의 뚜껑이 열린 것 자체가 의심스럽다. 또 님 자 붙여 주고 싶은 선생이 없다, 지금 나한테는.

어쨌거나, 정신 줄 놓은 이 노인이 그때 그 선생이 아니었으면 싶다. 아니, 무조건 아니어야 한다. 그게 내 기억 속의 그를 위해서, 엿 먹는 일이 나한테 생기지 않아서, 좋다.

4번 출입구 계단을 올라갔다. 노인이 내 옷자락을 잡고 뒤따라왔다. 통로 밖 우중충한 하늘이 오래된 흑백 영화 필름 같았다. 우산을 펴고 밖으로 나왔다. 요란한 빗방울 소리에 노인이 우산을 올려다보았다. 노인과 내가 마법의 분수에 갇힌 것 같았다. 노인이 내 옆에 바짝 달라붙었다. 노인한테서 나는 악취가 코를 지독하게 찔러 댔다. 노인의 밤색 가방이 내 대퇴부를 자꾸 건드렸다.

저 앞 파출소 이정표가 내 눈을 끌어당겼다.

'달리 방법이 없잖아. 이러는 게 상책이야.'

여기서 5분 이내의 거리. 익히 알고 있는 그곳, 짭새들의 둥지.

막상 파출소를 보자 망설여졌다. 노인이 빈 봉지를 흔들어 댔다. 과자를 더 달라는 것 같았다. 주머니를 뒤적였다. 손에 잡힌 껌 하나를 노인에게 주었다. 헤헤헤, 노인이 껌을 포장지째 입에 넣어 짝짝 씹었다.

'뭘 꾸물거려!'

스스로를 재촉해 몇 걸음 옮겼다. 그러나 파출소 안으로 들어가는 게 영 찜찜하기만 했다. 저절로 움츠러들었다. 노인을 데려다주는 걸로 끝나지 않을 것 같았다. 내 이름과 연락처도 받아 두겠지? 싫고 두려웠다.

내 이름과 연락처를 신상 조회 컴퓨터에 입력하면 뭐가 뜰까?

엄마의 출국 사실?

엄마는 이 땅에 없다. 태어나고 자란 땅으로 올 초에 들어갔다. 외할머니가 위중하다는 국제 전화를 받고, 엄마는 제 가슴을 치며 눈물로 밤낮을 보냈다. 문제는 돈이었다. 봉제 공장을 하다 망한, 끝내 재기하지 못한 아빠가 남겨 놓은 빚이 엄마 목을 옥죄었다. 두공아, 엄마랑 같이 갈래? 엄마가 지친 낯으로 내게 물었다. 처음엔 그게 무슨 뜻인지 몰랐다. 엄마가 일하던 식당에서, 또 아는 사람한테서 이리저리 손을 벌려 마련한 돈으로 비행기를 타고 난 다음에야 알았다. 옥탑방 전세금 빼서 이 땅 한국을 떠나자고 했다는 걸.

아빠가 죽었다는 것도 뜰까?

엄마, 아빠 둘 다 없는 열일곱 살짜리 청소년. 짭새의 관심 그물망에 걸려들겠지? 그것도 엄마가 돌아올 때까지 쭉. 그러다가 결국 모든 게 밝혀지고 비행 청소년 취급받는 거지.

야, 미친놈아! 구걸하려고 학교 관뒀냐! 너 또 딴짓거리 한 거 있지? 불어!

그럼 난 뭘 털어놓아야 하나, 아니, 어떻게 항변해야 하나?

아, 그게 말이에요, 나도 처음에는 학교도 잘 다니고, 알바도 식당, 마트 같은 데서 했었다고요. 근데 곧 올 것 같던 엄마는 안 오고, 제가 800미터 육상 선순데 본선에 한 번도 못 오르고, 답답해 죽겠더라고요. 환장하겠더라고요. 그러던 차에 알바하던 식당에서 좀도둑 누명까지 쓰고 나니까, 손님한테 받은 적 없는 밥값을 토해 내라니까, 정말 미치고 팔짝 뛰겠더라고요. 김밥 한 줄 값 때문에 내 인생이 비참해지는 것 같고 너무 억울해서, 콱 죽어 버리고 싶더라고요. 그날 소주 깠어요. 운동 때문에 술은 입에 대지도 않았었는데. 암튼, 한 병 털어 넣고 나니까 세상이 흔들리고, 그렇게 쏘다니다 정신을 놓았고, 눈떠 보니 지하도였어요. 그때 벌레처럼 웅크려 있던 내 앞에 동전 몇 개가 있었어요. 순간 머릿속이 반짝했죠. 알바 업종을 확 바꿔 버리는 걸로. 이게 다예요. 진짜

이게 다라고요.

내 말을 듣고 짭새는 웃을까, 아니면 나를 더 미친놈 취급할까?

뭐라고 하든 상관없다. 그때 내가 내린 결정은 지금도 유효하다. 당장 혼자서 하루하루를 버티며 살아가야 하는 게 내 현실이니까.

순찰차가 불빛을 번쩍이며 지나갔다. 퍼뜩 정신이 들었다.

노인이 우산에서 떨어지는 빗물로 손장난을 하고 있었다. 손에 들고 있던 빈 봉지는 안 보였다. 파출소 앞에 멈춘 순찰차에서 짭새 두 명이 내렸다.

"저기, 저기 보이죠?"

짭새가 들어간 파출소 건물을 손으로 가리켰다.

노인은 나만 보면서 헤헤거렸다. 파출소를 향해 노인을 돌려세웠다.

"저기 가면 과자 줘요, 과자."

"과자."

노인이 눈빛을 반짝이며 아이 같은 목소리로 따라 했다.

"예. 사탕도 주고, 껌도 줘요. 저기로 가요, 얼른."

노인은 과자, 과자 하면서 나를 보기만 했다. 파출소로 가라고 몇 번을 얘기해도 소용없었다. 껌을 짝짝 씹으며 헤헤거릴 뿐이었다. 우산을 노인 손에 쥐여 주었다. 노인이 좋아서 우산을 빙빙 돌렸다. 이때다 싶어 재빨리 우산 밖으로 나와, 골목 안으로 뛰어 들어갔다. 벽에 기대 잠시 숨을 골랐다. 따라오는 기척이 없었다. 도망쳐 온 내 발자국을 빗물이 흔적도 없이 지웠다. 모자 속으로 스며든 빗물이 머리카락을 적셨다. 기역 자로 꺾인 옆 골목으로 들어갔다. 빗물이 이마와 관자놀이를 타고 흘러내렸다. 하늘을 보았다. 그칠 비가 아니었다.

구불구불한 골목을 거슬러 올라갔다. 물줄기들이 발목을 거칠게 덮었다. 빗물이 어깨를 타고 등으로 내려왔다. 철컥 철컥. 젖은 동전끼리 부딪치는 소리가 났다. 우이이이잉. 다른 쪽 주머니에서 진동했다. 핸드폰을 꺼내 뚜껑을 열었다. 엄마한테서 온 거였다. 받을까 말까 망설였다. 국제 전화 요금. 거는 쪽이나 받는 쪽이나 부담되는 요금이었다. 그래도 엄마는 보름에 한 번꼴로 전화했다.

"엄마, 왜?"

"궁금해서. 잘 지내고 있어?"

엄마 목소리는 예나 지금이나 똑같다. 차분하면서도 힘이 모자라는, 조금은 지친 듯한.

"밥은 잘 먹고? 쌀은 안 떨어졌어?"

"응. 엄마는?"

"저도 잘 먹지. 살쪘어."

지난번에도 그러더니 엄마는 '나도'를 '저도'라고 했다. 한국 떠난 지 몇 달이나 됐다고 벌써 헷갈리는 거냐고.

"학교는 잘 다니지? 걸석, 아니 결석하면 안 돼."

"응."

알바를 새롭게 시작하면서 가지 않은 학교. 처음 며칠 동안은 나도 모를 두려움이 내 주위를 맴돌았다. 하지만 곧 사라졌다. 초등학교 고학년 때부터 육상 연습 하느라, 대회에 참가하느라 종종 빠졌던 수업이었다. 될 대로 되라지. 유급이든 정학이든 휴학이든 뭐든 학교가 처분을 내리겠지.

"유, 육상……, 달리기 시합은?"

육상도 이미 시들시들해져 있었다. 고등학생이 되었는데도 중학교 때 세웠던 개인 최고 기록을 넘어서기는커녕 되레 후퇴했다. 한계에 부딪힌 것 같아 두려웠다.

"선배들이 나갈 거야. 나는 1학년이잖아."

"응, 그래. 선배들 말 잘 들어. 반 친구들하고도 싸우지 말고 사이좋게 지내."

학교를 나가지 않으면서 바라는 게 한 가지 있었는데, 그건 애들이 나를 잊어 주는 거였다. 금싸라기 땅에서 알바를 시작하면서부터는 더더욱 그래 주기를 바랐다. 돌이켜 보면 쓸데없는 걱정이었다. 애들과 친해질 시간조차 별로 없었으니까.

"지금 뭐 하고 있었어?"

"……, 알바 끝내고 가는 중이야."

엄마는 내가 분식집에서 일하는 줄 안다.

"외할머니는?"

"계속 그래. 미안해. 정말 저가 미안해. 나중에 또 전화할게."

'나도'를 '저도'로 잘못 쓰는 것만큼이나 '미안해.'라는 말도 거슬렸다.

귀에서 떼면서 곧장 핸드폰을 닫았다. 육상 얘기를 빼면 이전의 통화와 판박이었다. '미안해, 나중에 또 전화할게.'는 복사판이었다. 별로 듣고 싶지 않은, 귀지 덩어리 같은 이야기들. 핸드폰을 주머니에 쑤셔 넣었다. 그새 빗줄기가 더 거세어져 있었다.

에취!

재채기 소리가 들렸다. 빗속에 누군가 있었다. 노인이었다. 두리번거리며 이쪽으로 오고 있었다. 우산은 어디에다 팽개쳤는지 얼굴에 쏟아지는 빗물을 손으로 닦아 내곤 했다. 나는 머리만 내밀고 몸을 숨겼다. 꾸르릉 꾸르릉. 용트림이 울렸다. 헤헤헤헤, 노인이 하늘을 올려다보았다.

에에취, 에에취이!

노인이 연거푸 재채기했다. 그의 어깨가 들썩거렸다. 어깨에 멘 밤색 가방이 널뛰었다. 그 낡은 가방에서 반짝거림이 느껴졌다. 가방 아래쪽에 뭔가 붙어 있는데, 그것이 빗물에 젖어 더 반들대는 것 같았다. 금속 같은데, 뭐지? 아, 알았다! 비싼 의류나 신발에 붙어 있는 마크. 그것과 똑같았다. 그럼 저 낡은 가방이 명품 가방? 순간 심장 박동이 불규칙해졌다. 입안에 침이 고였다.

'그렇잖아도 저 노인 때문에 알바도 일찍 접어서, 벌이가 영 신통찮았는데, 잘됐어.'

명품을 가질 정도면 부자일 거다. 어쩌면 상상 그 이상일지도 모른다. 내 기억 속 담임은 평범했다. 없어 보이는 축이었다고 해야 더 정확할 거다. 때문에 저 노인이 담임일 가능성은 확 줄었다. 설령 담임이라 해도 상관없다. 지금 내 머릿속에 반짝 떠오른 아이디어를 바꾸는 일은 없을 테니까. 방법은 간단하다. 노인을 가족에게 데려다주고 사례비를 받는 거다.

그런데 이 순간 가족들은 노인을 얼마나 간절히 찾고 있을까? 그들의 간절함이 더하면 더할수록 나는 기대 이상의 목적을 달성할 수 있다. 노인을 향해 핸드폰 카메라 셔터를 눌렀다. 인증 샷이다. 처참한 모습일수록 더 큰 보상이 따를 거다.

노인 앞으로 철벅철벅 걸어갔다.

"헤헤헤, 헤헤헤헤."

노인이 나를 보고 환하게 웃었다.

③

흉터처럼 복원되지 않는 구멍

　노인이 눈알을 요리조리 굴리며 옥탑방에 따라 들어왔다. 뚜벅뚜벅, 구두 굽 소리가 났다. 깜빡했다, 정신 놓은 사람이라는 걸. 노인 발에서 구두를 하나씩 벗겼다. 맨발이었다. 손보다 더 앙상했다. 노인은 신발을 벗고 나서도 눈알을 굴려댔다. 낯설기만 한 게 아닌가 보았다. 볼 것 없는, 구차한 방구석도 신기한 구경거리가 되는 모양이었다. 노인 몸에서, 내 옷에서 빗물이 줄줄 흘러내렸다. 방바닥이 물을 쏟은 것처럼 흥건했다.

　"헤헤, 헤헤헤."

　노인이 뭔가를 보고 벙싯거렸다. 꼬맹이였다. 아랫집 꼬맹이가 제집인 양 엎드려 있었다. 머리맡에 낡은 타이거와 드

래건 로봇이 있었다. 혼자 실컷 로봇 싸움을 하다 잠든 모양
이었다. 코릉코릉, 코까지 골았다.

노인을 화장실 앞으로 데려갔다. 문을 열었다. 원래 없던
것을 나중에 억지로 만든 거여서, 차례로 들어가면 모를까
함께 움직이기에는 폭이 좁았다.

"가방 주세요."

노인이 고개를 저으며 어깨에 멘 가죽 가방을 두 팔로 안
았다. 가방 안에 마치 보물이 들어 있기라도 한 듯이.

"그럼, 알아서 하세요. 샤워기 틀 줄 알죠?"

노인을 화장실 안으로 들여놓고, 전등을 켠 다음 문을 닫
았다.

아까 처참한 몰골을 인증 샷으로 찍어 놓았으니, 이제는
깔끔한 모습으로의 변신이 필요하다. 극적인 변화는 노인의
가족들에게 큰 울림이 될 거고, 나를 향한 감사와 보답으로
이어질 거다.

창문 옆 보일러 전원을 눌렀다. 깜빡깜빡했다. 겨울이 끝
나 갈 무렵에 전원을 꺼 버렸었다. 얼어 터지지만 않으면 그
만이니까. 방바닥 냉기는 스티로폼을 요 밑에 깔아 막았다.
난방비뿐 아니라 아낄 수 있는 건 다 아껴야 했다. 전원을 껐
다가 다시 켰다. 불이 들어왔다. 보일러실에서 기계 돌아가
는 소리가 났다.

"뭐 해요, 씻으라니까?"

노인이 화장실 안에서 밖을 내다보고 있었다. 아무래도 내가 어떻게 해야지 싶었다. 노인의 가방부터 처리하려고 했다. 내 손이 가방에 닿기도 전에 노인이 아까처럼 가방을 두 팔로 감싼 채 몸을 옆으로 돌렸다.

"저거⋯⋯."

노인이 로봇을 뚫어지게 보았다.

"빨리 씻자니까요."

"저거, 저거."

들어주지 않으면 시간만 허비하게 될 것 같았다. 로봇 하나를 갖다주었다. 떼쓰던 노인이 로봇을 받아들고는 언제 그랬나 싶게 헤헤거렸다. 어깨에서 가방끈을 내리는데도 로봇을 만지작거리느라 몰랐다. 가방을 화장실 밖에 내놓고 나서 노인을 보았다. 이제부터가 문제였다. 노인 스스로 옷을 벗게 하든지, 아니면 내가 벗겨야 했다. 어떻게 할까 머뭇거리는데, 꼬맹이가 몸을 부스스 일으켰다.

"형⋯⋯, 누구야?"

신경이 곤두서 있던 나는 꼬맹이를 쓰윽 째려보았다.

"형⋯⋯님, 누구예요, 저 할아버지?"

"신경 꺼."

"어, 내 타이거."

노인 손에 들린 로봇을 보고 꼬맹이 얼굴이 하얘졌다.

"이따 돌려줄 거야."

"언제……요?"

불안한 듯 꼬맹이 목소리가 떨렸다. 한눈에 봐도 이상해 보이는 노인에게서 로봇을 돌려받을 수 있을까 의심하는 낯 빛이었다. 꼬맹이는 남은 로봇마저 빼앗길까 봐 드래건을 꽉 쥐었다.

"준다니까. 집에 가 있어."

모난 내 목소리에 꼬맹이가 마지못해 문지방을 넘어갔다.

추운지 노인이 어깨를 움츠렸다. 노인 코에서 국수 가닥 같은 콧물이 흘러나왔다. 이왕 이렇게 된 거, 지체해서는 안 될 것 같았다. 앞으로 다가섰다. 노인의 긴팔 셔츠 단추를 풀었다. 노인은 여전히 로봇에만 정신이 팔려 있었다. 러닝셔츠, 바지를 벗겼다. 빗물에 씻겨 얼룩도 없고 역한 냄새도 거의 나지 않았다. 하지만 누렇게 변색된 흰 팬티에서는 아직도 지린내가 났다. 내친김에 팬티에 손을 댔다. 노인이 움찔하며 나를 내려다보았다. 나는 동작을 멈추고 노인의 눈치를 봤다. 헤헤헤, 노인이 웃으며 이내 로봇에 눈을 돌렸다. 노인의 팬티를 내렸다. 앙상한 다리 사이에 그것이 번데기처럼 쪼그라들어 있었다. 주위에는 머리처럼 센털들이 널브러져 있었다. 노인은 자신이 발가벗겨졌다는 사실을 모르는 듯했다. 야윌 대로 야윈 몸은 핏기 없이 거칠었다.

샤워기를 틀어 노인 머리에 온수를 뿌렸다. 노인이 얼굴에 흘러내리는 물을 손으로 쓸어 냈다. 퓌잉 퓌잉, 샴푸 통에서 바람 빠지는 소리만 났다. 빈 통을 쓰레기통에 버리고, 세숫비누를 노인 머리에 문질렀다. 물줄기가 노인을 향하도록 샤워기를 벽에 걸었다. 노인 머리에서 거품이 녹듯이 흘러내렸다. 노인이 얼굴의 물거품을 어푸어푸 닦아 냈다.

젖은 옷이 거추장스러웠다. 팬티만 두고 나도 옷을 벗었다. 보는 눈이 없는데도, 대중탕이 아닌데도 습관처럼 신경쓰였다, 어두운 갈색 몸 구석구석이.

때수건에 비누칠해 노인의 몸을 문질렀다. 앙상한 쇄골이며 도드라진 갈비뼈가 손끝마다 우툴두툴 걸렸다. 노인이 간지러운 듯 아까보다 더 큰 소리로 헤헤거리며, 로봇으로 내손을 밀어내며 몸을 배배 꼬았다. 어이없었다. 노인은 내가 장난치는 줄 아는 것 같았다.

등을 문지르려고 노인을 돌려세웠다. 순간 숨이 턱, 막혔다. 망치로 한 방 맞은 것처럼 머리도 멍했다. 손에서 때수건이 미끄러져 떨어졌다. 노인 등에 난, 손바닥만 한 흉터가 내두 눈을 몽땅 빨아들이는 것 같았다. 7년 전, 담임의 왼쪽 등에도 꼭 이만한 흉터가 바로 이 위치에 있었다.

"선생니……."

3학년 여름 방학 직전이었다. 그날은 3학년 전체가 수영하는 날이었다. 목욕탕 가는 것도 그렇지만, 나는 수영도 별로 좋아하지 않았다. 한여름에 살이 햇볕에 그을어도 내 피부색은 잘 감춰지지 않았다. 얼굴보다 더 튀었다. 엄마를 닮아 까무잡잡하기만 했다.

　나는 탈의실에서 제일 늦게 나와 수영장 안으로 들어갔다. 아이들의 눈길이 달라붙는 것을 의식하지 않으려고 애썼다. 긴장해서인지 자꾸 아랫배가 탱탱해지는 느낌이었다. 화장실에서 오줌을 누고 돌아오는데, 간이 휴게실 쪽에서 아줌마들 목소리가 들렸다.

　"하루라도 일찍 명예퇴직해서 편하게 살지, 왜 끝까지 버티나 몰라."

　"실제 나이는 몇 살 더 위라던데."

　"오죽하면 우리 애가 그래. 얼굴에 보톡스 주사 놔 드려야 한다고."

　"선생이 젊어야 애들이 활기도 넘치고 좋을 텐데."

　얘기를 들어서 그런지 반바지 아래로 드러난 담임 선생 종아리가 아주 가늘어 보였다. 구부정한 등도 더 굽어 보이고, 이마에서는 지렁이들이 꿈틀거리는 듯했다. 이런 모습을 선생 자신은 전혀 의식하지 못하는 것 같았다. 그저 돋보기

안경 너머로 요리조리 눈알을 굴리며 수영하는 아이들이 안전한지 살폈다.

한창 신난 아이들 가장자리에서 나도 물장구쳤다. 그러면서 아이들로부터 조금 멀어졌다. 갑자기 다리에 쥐가 났다. 허우적댔다. 몸이 물속으로 빨려 들어간다 싶은 순간 누군가 나를 들어 올렸다. 수영 강사였다. 강사가 나를 물 밖으로 데려갈 때, 또 한 사람 빠졌어요, 하는 비명이 들렸다. 잠시 후 강사가 쥐 난 내 다리를 주무르고 있을 때, 담임이 다른 수영 강사의 부축을 받고 내 옆으로 왔다. 나를 보자마자 선생이 뭐라고 말했다. 괜찮으냐고 묻는 것 같았는데, 선생 입에서 먹은 물이 함께 쏟아져서 제대로 알아들을 수 없었다.

"우리가 있는데 왜 쓸데없이 나서요."

"큰일 날 뻔했잖아요. 애들이 더 놀라고 불안해하는 것 좀 보세요."

수영 강사들이 담임에게 소리쳤다. 선생은 숨을 헐떡이며 답답한 듯 손으로 제 가슴을 퉁퉁 쳤다. 나는 그런 선생 등을 유심히 봤다. 몸에 달라붙은 채로 말려 올라간 셔츠 밑에 커다란 흉터가 있었다. 다른 피부와 달리 검붉었는데, 아문 지 아주 오래된 듯 반질거렸다. 언뜻 보면 진한 물감으로 그리려다 망친 꽃잎 같기도 했다.

"헤헤헤, 헤헤헤헤."

웃음소리가 환청처럼 아득하게 들렸다. 샤워기에서 떨어지는 물줄기들도 정지된 것처럼 보였다. 뭐가 그리 좋은지 노인은, 아니, 초등학교 때 담임이 분명한 그는 로봇만 계속 만지작거렸다. 웃을 때마다 등뼈와 함께 흉터도 더욱 도드라졌다.

화장실 밖으로 나왔다. 선생 옷을 뒤졌다. 바지 주머니에서 뭔가가 만져졌다. 망가진 작은 장난감과 토막 난 지우개였다. 지갑 같은 건? 반대편 주머니와 뒷주머니를 뒤져 보았다. 가족과 연락이 될 만한 게 있으면 좋겠는데. 아무것도 없었다. 가죽 가방? 화장실 문 옆에 놓인 가방 덮개를 젖히고 지퍼를 열었다. 젖은 종잇조각과 뭉친 종이만 가득했다.

후우, 침착, 후우, 침착하자!

당장 어떻게 해 볼 도리가 없는 건 맞지만, 오히려 일이 잘 풀릴 것도 같았다. 담임이란 사실이 좀 부담돼도 어쨌거나 신상은 벌써 확인됐다. 꼬맹이 컴퓨터로 실종 신고를 검색해 볼 참이었는데 번거로운 수고를 던 거다. 게다가 선생 집을 아니까, 찾아가기만 하면 된다. 지금부터 내가 할 일은 정해졌다. 선생을 집으로 데려갈 때까지 잘 받들어야 한다는 거다. 고생 좀 하겠지만 까짓것 길어야 하루 이틀이다.

다시 화장실로 들어갔다. 선생이 헤헤거리며 로봇 다리를 구부렸다 폈다 하고 있었다.

때수건을 선생 등에 갖다 댔다. 흉 진 부위를 피해 천천히 문질렀다. 때수건에서 인 거품이 흉터를 덮었다. 윗몸을 다 문지르고 아랫몸으로 때수건을 옮겼다. 등의 흉터를 피했던 것처럼 두 다리 사이의 그것도 건들지 않았다. 샤워기로 선생 몸에 물을 뿌렸다. 거품이 씻겨 내려가면서 겨울나무보다 앙상한 몸이 원래대로 드러났다.

선생을 데리고 화장실에서 나왔다. 옷장 서랍을 열어, 내 속옷과 반팔, 반바지를 꺼내 선생에게 입혔다. 옷이 커서 쿨렁했다. 이상했다. 오래전 우러러보았던, 크게만 여겨졌던 그가 이제는 내 옷 안에서 작고 초라해 보였다. 로봇을 만지 작거리고 있어서 더 그렇게 보였다.

선생이 개운한지 혜혜거리는 소리가 경쾌했다. 나도 씻고 싶었다. 몸 곳곳이 아까부터 끈적거렸다. 보일러 전원을 끄고, 화장실로 들어갔다. 대충 비누칠했다. 물도 아끼려고 한 번만 쓱 헹궜다. 나와서 옷을 챙겨 입는데, 전화벨이 울렸다. 소리가 직직했다. 그러고 보니 핸드폰을, 오늘 알바해 번 돈을, 젖은 바지 주머니에 그대로 방치했다. 한 손으로 동전들을 꺼내면서 다른 손으로는 전화를 받았다. 염소 아저씨였다. 아랫집 꼬맹이 아빠.

"은갑이랑 밥 좀 묵으래이. 지금 가는 길인데, 그래도 쪼매

늦을 거 같다 아이가. 냉장고 뒤져 보면 이것저것 있을 끼다. 네 배때기만 채우려 안달 말고, 우리 애도 신경 팍팍 써 주거래이, 알았제?"

염소 아저씨 말씨는 수시로 바뀐다. 오늘은 경상도 어느 장터에 있었나 보다. 그런데 말씨는 바뀌어도 한결같이 명령조다. 그래도 아쉬운 건 내 쪽이라 찍소리 하지 않는다. 내 가슴에도 못 미치는 우리 집 냉장고는 늘 텅 비어 있다시피 한다. 때문에 종종 공짜 밥 먹는 걸 감지덕지할 따름이다. 꼬맹이에겐 불행이자 불만이겠지만 나는 염소 아저씨가 현대판 장돌뱅이인 걸 쌍수 들어 환영한다.

통화가 끝나자 갑자기 허기가 몰려왔다. 늦게 일어나서 라면으로 아침 겸 점심을 때웠었다. 그렇지만 먼저 세탁기부터 돌려야 할 것 같았다. 선생을 집으로 데려가려면 말끔하게 차려입혀야 하니까. 선생 옷들을 대야에 서둘러 담았다. 내 옷가지들도 담았다.

선생은 한번 필이 꽂힌 로봇을 계속 가지고 놀았다.

빨랫감을 가지고 아랫집으로 내려갔다. 우리 집 세탁기는 고물값도 못 받을 거다. 작동을 멈춘 지 한참 됐다. 우리 집보다 족히 두 배는 넓은 아랫집이지만 발 둘 데가 없었다. 장터에 내다 팔고 남은, 혹은 팔아야 할 온갖 잡동사니들이 사방에 나뒹굴었다. 대부분 염소 아저씨가 기획했다가 재미 못

본 상품들이었다. 꼬맹이는 제 방에서 모니터를 보며 키보드를 두드려 대고 있었다.

"밥통에 밥 있지?"

"우리 아빠 또 늦는대요? 우이씨!"

꼬맹이가 게임을 멈추고 입술을 내밀었다.

"이게 얻다 대고 욕이야. 밥통 가지고 올라가 있어."

다용도실 세탁기를 돌려 놓고 주방으로 왔다. 냉장고를 열었다. 새로 사다 놓은 반찬이 있나 했더니, 엊그저께 그대로였다. 한산하기도 마찬가지였다. 반찬 그릇 네 개 모두 꺼내 가지고 옥탑방으로 올라갔다.

"우웅, 드래건 로켓 공격! 콰아앙! 공격! 콰아아앙!"

꼬맹이가 드래건으로 선생의 타이거를 마구 공격해 대고 있었다. 타이거가 엄청 당하는데도 선생은 헤헤거리기만 했다. 그러면서 들릴 듯 말 듯 꼬맹이 말을 흉내 냈다.

"할아버지도 공격해요, 이렇게. 공격, 공격!"

선생은 헤헤거리며 꼬맹이의 아바타처럼 움직였다. 선생한테는 의지란 게 도무지 없어 보였다. 의식 어딘가에 구멍이 난 건 이미 파악했다. 그런데 생각보다 심각해 보였다. 아주 깊고 큰 구멍이 나 있는 것 같았다. 흉터처럼 복원되지 않는.

4

심장 사이의 거리

밥통을 열었다. 훈기가 올라왔다. 쉰내는 안 났지만 해 놓은 지 오래라 밥이 누레졌다. 주걱으로 바닥을 박박 긁어 아쉬운 대로 세 그릇을 만들었다. 반찬도 바닥을 드러내고 있었다. 통에서 수저를 움큼 뽑았다. 선생 밥그릇 옆에 무심코 놓고 보니 엄마 수저였다. 손잡이에 노란 나비가 박힌. 앉은뱅이 밥상을 가운데로 옮겼다.

"선생니……, 식사해요. 꼬맹이 너도."

"선생님? 형, 아니, 형님. 이 할아버지, 선생님이에요?"

꼬맹이가 믿기지 않는다는 듯 토끼 눈을 떴다. 선생이 밥상을 보고 꿀꺽 침을 삼키며 로봇을 바닥에 내려놓았다. 몹시 허기진 모양이었다. 헤헤헤, 웃음을 흘리며 밥상 앞으로 바짝 다가앉았다. 그러고는 상만 뚫어지게 내려다보았다. 왜 저러지? 밥과 반찬이 마음에 안 드나? 선생을 보며 고개를 갸웃하는데, 꼬맹이가 숟가락을 들었다.

딱!

"아얏! 나도 알아⋯⋯요. 배고파 죽겠는데, 언제까지 기다려요."

꼬맹이가 숟가락을 밥에 꽂은 채 쥐어박힌 제 머리를 긁적였다. 선생이 숟가락을 들어 꼬맹이처럼 밥에 꽂았다. 그러더니 숟가락은 그대로 두고 다짜고짜 손으로 밥을 덥석 집었다.

"으악, 원시인!"

꼬맹이의 큰 목소리에 선생이 움찔했다. 그러더니 눈치를 봤다. 그것도 잠깐이었다. 손끝을 입에 넣고 밥알을 냠냠 떼어 먹었다. 꼬맹이가 그런 선생을 보며 제 머리를 향해 손가락으로 동그라미를 그려 댔다. 그런 꼬맹이를 보고 선생이 헤헤거리더니 다른 손으로 깍두기를 집었다.

"여기 젓가락요."

급히 젓가락을 내밀었다.

선생은 깍두기를 벌써 입에 넣고 우적우적 씹었다.

"순 엉터리! 이런 선생님이 어디 있어!"

꼬맹이가 목소리를 높였다. 선생이 눈치를 보듯 눈알을 굴렸다. 선생을 일으켜 싱크대로 데려가서 손을 씻겼다. 선생이 물장난하려고 했다. 선생을 다시 밥상 앞에 앉혔다. 밥을 뜬 다음 반찬을 올려 선생 앞으로 내밀었다. 선생이 영문을 몰라 하며 밥숟가락만 보았다.

"아 하세요, 아."

선생이 아, 소리를 내며 입을 벌리더니 받아먹었다.

"나도."

꼬맹이가 입을 벌렸다.

"죽을래?"

"치, 어린애는 난데……."

꼬맹이가 비죽대고는 밥그릇 바닥을 닥닥 긁었다.

계속해서 선생에게 밥을 떠먹였다. 그러면서 나도 먹었다. 밥그릇을 비운 꼬맹이가 로봇을 가지고 밥상에서 물러났다. 선생은 내가 주는 밥을 넙죽넙죽 잘도 받아먹었다. 그러면서 아이처럼 헤헤거렸다. 머리에 쥐가 날 것 같았다.

밥 먹는 시간이 평소보다 세 배는 걸렸다. 식곤증이 밀려오는지 선생이 하품을 길게 했다.

설거지를 대충 끝내고 밥통과 반찬 통을 가지고 아랫집으로 내려갔다. 밥통과 반찬 통을 제자리에 두고 다용도실로 갔다. 이미 세탁이 끝난 빨래를 들고 옥상으로 올라왔다. 덩어리진 잿빛 구름 사이로 저녁노을이 쏟아졌다. 비는 더 이상 안 오지 싶었다. 건조대에 빨래를 널고 방으로 들어왔다.

"이건 배틀 포켓몬. 이건 벤치 포켓몬. 알았죠?"

이제 로봇 싸움은 질린 모양이었다. 꼬맹이가 선생을 상대로 포켓몬 카드 게임을 알려 주고 있었다. 선생은 손으로 졸린 눈을 비비면서 카드에 관심을 보였다. 열변을 토하며 게임을 설명하는 꼬맹이 입에서 "알았죠?"가 팝콘 튀듯 했다. 선생은 하품하면서도 고개를 끄덕이고 헤헤거렸다. 벽에 붙은 스위치를 올렸다. 형광등이 깜빡거리다가 방 안에 고이려는 어둠을 밀쳐 냈다. 꼬맹이에 의한, 꼬맹이를 위한 포켓몬 카드 게임 설명은 쉽사리 끝날 것 같지 않았다.

내 컴퓨터는 세탁기처럼 맛이 갔다. 아랫집으로 내려와 컴퓨터 전원을 눌렀다. 검색창에 '치매'를 넣고 엔터를 눌렀다. 정보들이 쓰나미처럼 몰려들었다. 뭐부터 봐야 할지 난감할 지경이었다. 눈에 띄는 대로 몇 개를 클릭했다. 전문 용어들이 섞여 있었지만 선생의 상태가 객관적으로 더 명확해졌다. 중증이었다. 언어와 기억에 극심한 장애를 보이고, 자의식이 없고, 사물에 대한 인식이 현저히 떨어지는 게 그 증거였다. 대부분 악화되는 경우가 많다고 했다. 그로 인해 개인적인 불행은 물론이고, 자칫하면 가정에도 균열을 불러일으킬 수 있다고 경고하고 있었다.

균열……. 엄마와 나 사이에는 별일 없는 건가? 멀리 떨어져 있는 거리만큼 마음도 점점 멀어지고 또 갈라지고 있는 건 아닐까, 은근히 신경이 쓰였다. 엄만 왜 안 돌아오는 거지? 외할머니가 돌아가셔야만 오겠다는 거야, 뭐야? 습한 더위처럼 짜증이 들러붙었다.

모니터를 좀 더 들여다보았다. 재앙을 피하려고 치매 전문 요양 병원을 적극적으로 활용하는 사례들이 눈에 띄었다. 선생은? 선생 가정도 파괴됐을까? 요양 병원에는 가 보았을까? 재앙이 되어 가족들로부터 버림받았을까? 그러면 절대로 안 되는데, 이 순간에도 가족들이 선생을 애타게 찾고 있어야만 하는데.

"으앙, 난 몰라. 으아앙!"

꼬맹이 우는 소리가 났다. 계단을 다다다 뛰어 올라갔다. 꼬맹이가 카드 쪼가리를 들고 선생을 흘겨보고 있었다. 선생은 꼬깃꼬깃한 카드를 하나 든 채 꼬맹이를 멀뚱멀뚱 보고만 있었다.

"갑자기 찢어 버렸어요. 진짜 머리가 어떻게 됐나 봐요."

나를 본 꼬맹이가 구세주를 만난 듯 좋알좋알 일러바쳤다. 그러고는 카드 물어내라며 또 바락바락 울어 댔다. 주머니에서 동전 큰 것 하나를 꺼내 내밀었다. 꼬맹이가 하나로는 어림없다는 듯 고개를 저었다. 큰 거 하나에다 작은 것 몇 개를 더 보태 주었다. 꼬맹이가 눈물을 찍어 내며 울음을 삼켰다.

"다음부터 같이 안 놀아, 안 놀 거야."

꼬맹이는 내일 선생이 이곳에 없을 거라는 사실을 알지 못했다.

포켓몬 카드와 로봇을 챙긴 꼬맹이가 혀를 내밀어 메롱하고는 집 밖으로 나갔다. 선생이 헤헤헤 웃으며 꼬맹이를 뒤쫓아 갔다. 땅거미가 져 밖이 어두웠다. 문 앞에서 막아서자 선생이 울상을 지었다. 그런 선생에게서 입내가 심하게 났다. 치약 묻은 칫솔을 선생 손에 쥐여 주었다. 나도 양치질했다. 선생이 나를 따라 칫솔질하는가 싶더니 입안의 것을 꿀꺽 삼켜 버리고는 웩, 웩 헛구역질했다. 바가지를 재빨리 선생 입에 대 주었다. 선생이 물을 벌컥 들이켰다. 바가지를 잡아당겼지만 선생이 벌써 두 모금을 마신 뒤였다. 나는 잔뜩 긴장한 채 선생을 뚫어지게 보았다. 선생이 트림 비슷하게 커억, 하고는 헤헤헤 웃었다.

'미치겠네. 뭐든 사건이야. 빨리 재워 버려야지.'

삼단 서랍장 위에서 요를 내려 깔았다. 베개도 내려놓았다. 그런 다음 이불을 펴는데 선생이 함빡 웃더니 달려들었다. 나는 이불을 든 채 그대로 있었다. 왜 이러지, 하면서도 냉정함을 유지하려고 했다. 머리를 이불 속에 박은 선생이 몸으로 이불을 둘둘 말았다 풀었다 했다.

"그, 그만해요."

나는 잡고 있던 이불을 놓았다. 선생이 모로 누우며 이불을 두 팔로 껴안았다. 뿐만이 아니었다. 뭐가 그리 좋은지 이불 속에 머리를 묻었다 뺐다 하면서 헤헤거렸다. 나는 선생이 빨리 잠들기를 바랐다. 선생은 이불을 껴안은 채 옆으로 굴러다녔다. 한참 뒹굴던 선생이 윗몸을 반쯤 세우고 나를 향해 손짓했다. 오라는, 같이 뒹굴며 놀자는 손짓이었다. 한숨만 나왔다. 선생이 손짓을 멈추지 않았다. 나는 선생을 그저 물끄러미 내려다보기만 했다.

선생이 눈을 끔벅끔벅했다. 눈이 뻑뻑하고 눈꺼풀이 무거운가 보았다. 입을 크게 벌려 하품했다. 입안이 보였다. 위아래 어금니가 없었다. 그래서 볼이 더 움푹해 보였나? 선생을 누이고 베개를 받쳐 주었다. 선생이 내게 눈을 맞추고 표정만으로 짧게 헤헤거렸다. 그러더니 이불을 껴안은 채 스르르 눈을 감았다. 잠든 선생 얼굴을 바로 눈앞에서 보고 있는 내가 비현실적으로 느껴졌다.

부르릉 하는 소리가 나다 꺼졌다.

"아빠."

꼬맹이 목소리도 들렸다. 밖으로 나가 난간 아래로 골목을 내려다보았다. 전봇대 앞에 트럭이 있었다. '하트 무늬'와 '해피 씽씽'으로 도배된 짐칸 천막. 그 앞에서 염소 아저씨가 꼬맹이를 번쩍 안아 올렸다.

도로 방으로 들어왔다. 가죽 가방이 눈에 들어왔다. 젖은 거라 말려야 했다. 가방을 뒤집어 흔들었다. 안에 든 것들이 바닥에 우르르 쏟아졌다. 그런데 아까 봤던 종잇조각과 종이 뭉치만 있는 게 아니었다. 낡은 서류 뭉치, 몽당연필 몇 개, 작게 쪼개진 지우개들, 심 없는 볼펜, 눈금이 지워진 자 따위도 있었다.

"누가 오셨다고?"

갑자기 염소 아저씨가 문안으로 고개를 디밀었다. 나는 대답을 못 하고 우물쭈물했다. 염소 아저씨가 턱수염을 문지르며 내 뒤로 눈길을 돌렸다.

"아이고, 안녕하……, 주무시는구먼. 선생님이시라고?"

염소 아저씨가 높였던 목청을 낮게 깔았다.

"예, 초등학교 때……."

"근디 어디가 편찮다고 하는 것 같던디?"

"건, 건망증이 좀……."

"그려? 암튼 두공이 너, 다시 봐야겠다. 선생님 같은 분이 너를 다 찾아오고. 낫살이, 아니, 연세가 한참 높은 거 같은데, 학교는 떠나셨겠구먼. 어쨌든 너 참 사람이 대단해 보인다. 나는 한 번도 이런 적 없었는데."

염소 아저씨 말씨가 전에 없이 사분사분했다. 그러더니 먹으라며 검은 비닐봉지를 내려놓고 문을 닫았다. 봉지 안에 삶은 옥수수 두 자루와 냄비 뚜껑만 한 주황색 빵이 들어 있었다. 빵에서 호박 냄새가 났다.

봉지를 싱크대에 올려놓고, 다시 너절한 것들을 마주했다.

서류 뭉치는 성한 데 없이 구겨지고 뜯겨 있었다. 마치 낙서장 같기도 했다. 이것들을 어떻게 하지? 몽당연필 중 가장 긴 것, 지우개 조각 하나, 낙서장 같은 서류 뭉치만 남겨 놓고, 나머지는 다 쓰레기통에 넣었다. 가죽 가방을 벽 옷걸이에 걸어 놓고, 구겨진 서류 뭉치를 펼쳤다. 글씨들이 번져 흐릿했다. 얼굴 사진도 있었다. 뭐야? 다음 장을 넘겨 또 펼쳤다. 어? 이게 다 뭐야? 젖은 데가 찢어지지 않게 조심하며 몇 장을 더 넘겨 봤다.

"가정환경조사서?"

아주 오래된 복사본이었다. 그런데 빈 곳이 없었다. 기록란 바깥 여백이 깨알 같은 글씨로 빼곡했다. 펜으로, 연필로 쓴 글씨들이었다. 필요에 따라 그때그때 적어 넣은 것 같았다. 오른쪽 상단에는 복사된 사진이 있고, 직접 붙인 사진도 있었는데, 컬러든 흑백이든 낡고 닳아서 얼굴을 잘 알아볼 수 없었다.

보이는 대로 내용을 살펴보았다. 주소란 밑에 몇 개의 다른 주소들, 바뀐 전화번호들, 초등학교를 졸업한 후 진학한 상급 학교, 이성 문제, 취업 문제, 입대, 결혼 날짜, 수술을 받았다는 사실, 직업, 배우자 이름과 나이, 자녀 이름, 헤어스타일, 요즘 좋아하는 것, 즐겨 입는 옷 스타일, 잘 먹는 음식, 좋아하는 노래 등 별의별 것들이 다 적혀 있었다.

내 것도 있을까? 나에 대해 뭐라고 써 놓았을까, 알고 있는 게 뭘까?

뒤로 한 장 한 장 넘겼다. 스무 장쯤 넘기다 그만두었다. 그래도 혹시나 싶어 중간과 맨 뒷부분을 떠들어 봤다. 모두들 나보다 생년월일이 20년 앞서 있었다. 또한 내가 다녔던 학교와도 달랐다. 가정환경조사서는 선생이 오래전에 맡았던 반 아이들 것이었다.

'근데 왜 이런 걸 가지고 다녔을까?'

가정환경조사서를 책상으로 가져갔다. 연필과 지우개는 그 옆에 두었다. 전기 스위치를 내렸다. 선생의 가르랑가르랑하는 숨소리가 어둠과 뒤섞였다. 머리 뒤로 손깍지 끼고 드러누웠다. 수건만 한 창문 너머로 잔별 하나가 가물거렸다. 내 옆에 나란히 누워 있는 선생, 라오스에 가 있는 엄마. 두 사람은 내 심장으로부터 얼마나 멀리 떨어져 있을까? 둘 다 가늠이 되질 않는다.

5
망고와 복숭아

윗몸을 벌떡 세우며 옆을 보았다. 선생이 잠든 채 내 쪽을 향해 웅크려 있었다. 어젯밤 그대로 이불을 둘둘 말아 껴안고 있었다. 창문으로 날아든 햇살이 선생 머리와 방바닥을 할금댔다. 뻐꾸기시계를 보니 9시 반이었다. 셋까지만 셀 줄 아는 뻐꾸기이지만 매시간 짖어 댔을 텐데 전혀 듣지 못하다니.

선생을 흔들어 깨웠다. 대야에 물을 받고, 옆에 비누를 놔두었다.

"세수하세요."

선생이 쪼그리고 앉아 비누로 장난만 했다. 비누가 녹으면서 물이 우유처럼 변했다. 물을 쏟고 다시 받아 선생 얼굴을 씻겼다. 선생이 아이처럼 눈을 꼭 감았다.

"배고파."

세수를 마친 선생이 중얼거렸다. 옥수수와 호박빵을 쟁반에 얹어 선생 앞으로 가져갔다. 내려놓기도 전에 선생이 옥수수를 낚아채 갉아 먹기 시작했다. 나도 옥수수를 집어 입으로 가져갔다. 선생이 먹던 옥수수를 내팽개치고 빵을 움켜잡았다. 입안에 빵을 몰아넣고 우물대다가 컥컥거렸다. 냉장고에서 물통을 꺼내 선생 입에 대 주었다. 물을 마신 선생이 크어억, 트림했다.

옥수수 낱알을 뜯어 물며 밖으로 나왔다. 해가 났지만 습도가 높았다. 어제 널어놓은 선생 옷을 만져 봤다. 덜 말랐지만 오늘 일정상 마냥 기다릴 수 없었다. 건조대에서 선생 옷을 골라냈다.

헤어드라이어로 팬티와 러닝셔츠를 말렸다. 바지와 긴팔셔츠는 선풍기를 돌려 대충 말렸다. 강풍으로 놔도 날개 하나가 부러져 바람이 약했다. 옷을 가지고 선생 앞으로 갔다. 옷을 갈아입히고, 양말은 내 것을 신겼다. 가정환경조사서, 연필, 지우개를 넣고 가방을 멨다. 덜 마른, 낡은 구두를 선생 발에 신기고 집을 나섰다. 선생이 내 손에 잡힌 빗자루처럼 딸려 왔다. 계단을 내려가는 선생의 동작이 불안했다. 선생 손을 더 꽉 잡고 게걸음을 했다. 아랫집 꼬맹이네는 조용

했다. 아직도 꿈속에서 헤매지 싶었다. 1층으로 내려와 골목을 구불구불 내려갔다.

내 곁을 졸졸 따라오던 선생이 한순간 멈칫했다. 가기 싫은지, 돌아가자는 건지 엉덩이를 뒤로 뺐다.

"집으로 가는 거예요, 집."

"집……, 집……."

"네, 지금 집으로 가는 거예요."

골목에서 나와 4번 출입구 계단을 내려갔다. 휴일 오전이라 그런지 평일처럼 붐비지 않았다. 자동발권기에서 표 두 장을 샀다. 선생은 공짜일 테지만 신분증이 없으니 어쩔 수 없었다. 내 알바 자리는 잘 있겠지? 7번 출구 방향을 잠깐 바라본 다음, 선생을 데리고 개표구를 지나 승강장으로 갔다. 때맞춰 지하철이 들어왔다.

"여기 앉으세요."

잡지를 뒤적이던 아저씨가 선생을 보고 자리를 양보해 주었다. 끝자리였다. 선생이 자리에 앉아 헤헤헤 웃으며 주위를 두리번거렸다. 사람들이 흘깃흘깃 선생과 내게 눈길을 주었다. 계속되는 선생 웃음소리에 들릴 듯 말 듯 혀 차는 소리가 섞였다. 거의 한 시간 가까이 선생과 붙어 있어야 한다는 게 부담스러웠다. 하지만 목적을 향한 내 열의는 부담을 덮고도 남았다. 몇 정거장 지나지 않아 선생 옆에 자리가 났다.

선생 옆에 앉아 눈 감고 잠든 척했다.

　선생이 내 담임이던 그 시절, 선생 집은 우리 동네에 있었다. 한동네라고 해도 선생 집과 우리 집은 꽤 멀었다. 언덕 중턱에 자리한 학교를 중심으로 서로 반대편에 있었다. 그런 선생 집에 딱 한 번 들어가 본 적 있다. 이맘때였다. 복숭아 때문에, 아니, 아니, 엄마 때문에.

　매월 마지막 주에 교실에서 생일 파티를 했다. 7월은 방학이 들어 있어서 앞당겨 했다. 방학 전날, 선생은 7월이 생일인 아이들을 교실 앞으로 불러냈다. 세 명인가 그랬다. 선생은 준비해 온 롤케이크 두 개에다가 '사랑해요'라는 글자를 모자처럼 쓴 초, 그리고 하트 모양의 초를 꽂았다. 모두 생일 축하 노래를 불렀다. 노래가 끝나자 세 아이가 빈 바구니를 들고 눈을 감았다. 아이들이 저마다 준비한 선물을 가지고 바구니 앞으로 갔다. 나는 한 여자애가 들고 있던 바구니에 장미꽃 머리핀을 슬쩍 떨어뜨렸다. 엄마 거였다.

　선생이 케이크 조각과 함께 복숭아를 하나씩 나누어 주었다. 모두들 케이크와 복숭아를 후딱 먹어 치웠지만, 나는 케이크만 먹었다.

　"왜, 복숭아 싫어하니?"

　선생 물음에 나는 아니라고 했다.

"그럼, 알레르기라도 있어?"

그것도 아니라고 고개를 저으며 침을 꼴깍꼴깍 삼켰다. 선생이 그런 나를 잠깐 보더니, 방학 때 집에 오면 복숭아를 주겠다고 했다. 곁에 있던 아이들이 저도요, 저도요 하고 소리쳤고, 선생은 알겠다고 했다. 교실을 나서자마자 나는 참지 못하고 복숭아를 베어 물었다.

다음다음 날, 나는 아침을 서둘러 먹었다.

"오늘부터 방학인데, 뭐가 그렇게 빨리 급해?"

"엄마한테 빨리 급해 갖다줄 게 있으니까 그렇지."

서툰 엄마 말을 흉내 내고는 집을 나와 선생 집으로 향했다.

엄마는 복숭아를 좋아했다. 살이 노란 복숭아를 더 좋아했다. 속살 노란 복숭아를 먹으면 망고를 먹는 것 같다고 했다. 엄마 나라 고향 집 마당에는 망고나무가 여러 그루 있다고, 어려서부터 나무를 오르내리며 망고를 따 먹었다고 했다. 내가 알기로 엄마는 한국으로 시집와서 딱 한 번 망고를, 그것도 망고 딱 한 개를 먹었다. 엄마가 나를 배 속에 가졌을 때, 입덧을 심하게 하며 망고가 먹고 싶다고 하자, 아빠가 망고를 사다 주었다. 그때는 재래시장이나 슈퍼에 망고가 없어서 백화점까지 가서 구해 왔다. 그런데 그 후로 아빠는 엄마에게 망고를 더는 사다 주지 않았다. 아니, 엄마가 먼저 싫다고 했다. 망고 하나가 돼지고기 두 근 값과 거의 맞먹었기 때문이다. 아빠는 대신 값싼 말린 망고를 사다 주었는데, 엄마는 그게 입에 맞지 않아서, 망고 대신 속이 노란 복숭아로 심한 입덧을 달랬다고 했다.

선생 집에 다가서면서 담 너머 나무를 보았다. 잎사귀들 사이로 복숭아들이 보였다. 크고 잘 익은 복숭아 하나가 눈에 띄었다. 초인종을 눌렀다.

"두공이 왔구나."

선생이 반갑게 맞아 주었다. 나는 대문 안으로 들어갔다. 복숭아나무 아래 평상이 놓여 있었다. 선생이 마실 것을 주겠다고 했지만, 나는 밖에서 봐 두었던 복숭아를 눈으로 더듬어 찾느라 바빴다.

"마음에 드는 거 있어?"

나는 그렇다고 했다. 그러자 선생이 그럼 따야지 하며 웃었다. 나는 나무를 타고 올라가서 복숭아를 찾았다. 밑에서 보는 것과 위에서 보는 것은 아주 달랐다. 한참을 헤맨 끝에 아까 봐 두었던 복숭아를 땄다. 선생이 하나 더 따도 된다고 했다. 나는 복숭아 두 개를 선생이 내민 장대 끝 그물에 넣고 나무에서 내려왔다. 선생이 놀다 가라고 했지만 나는 그냥 가겠다고 했다. 선생이 나무를 잠깐 살피더니 복숭아 하나를 더 땄다. 내가 딴 것보다 더 크고 불그스름한 복숭아였다. 선생이 종이봉투에 복숭아 세 개를 넣어 주며 말했다. 많이 따서 주고 싶지만 다른 친구들이 올지 모르니까 남겨 두어야 한다고. 나는 선생에게 꾸벅 인사하고 집 밖으로 나왔다. 그때 대학생 같은 형이 한쪽 다리를 절며 나와 엇갈려서 대문 안으로 들어갔다. 아버지, 아버지, 저 왔어요. 어우, 더워, 등목부터 해야겠네, 하는 목소리가 크게 들려왔다.

나는 집으로 돌아가면서 종이봉투 속 복숭아를 들여다보고 만져 보았다. 내가 딴 것보다 선생이 따 준 복숭아가 더 말랑말랑하고 달콤한 냄새가 났다.

정차 역을 알리는 안내 방송이 나왔다. 벌써 이렇게 많이 왔나? 이제 세 정거장만 더 가면 되었다. 살짝 눈을 떴다. 아까보다 더 많은 사람들이 내 앞에 있었다. 눈을 내리깐 채 눈동자를 옆으로 굴렸다. 뭔가 이상했다. 고개를 휙 돌렸다. 선생이 아닌, 엉뚱한 사람이 앉아 있었다. 가슴이 철렁 내려앉는 것과 동시에 내 눈과 귀를 잡아당기는 게 있었다.

"그만해, 응? 이제 내리자, 응?"

파란 조끼를 입은 여자가 내 또래 남자에게 달래듯 말했다. 남자애는 들은 체도 않고 몸을 흔들어 댔다. 그 뒤에서 선생이 그 애를 따라 춤추고 있었다. 남자애와 선생은 사람들의 시선을 아랑곳하지 않고 신나게 몸을 흔들었다.

"해피 해피 아임 해피, 해피 해피 유아 해피, 해피 해피 아임 해피……."

남자애가 랩처럼 부르는 노래를 선생이 흉내 냈다. 두 사람의 춤은 막춤에 가까웠다. 남자애의 둥근 얼굴이 낯익었다. 염색체 수가 나보다 하나 더 많은 사람의 얼굴. 가서 선생 팔을 잡았다. 선생이 나를 보고 헤벌쭉 웃고는 계속 몸을 흔들었다.

"할아버지 때문에 우리 애가 더……."

파란 조끼의 여자가 마른 웃음을 지으며 말끝을 흐렸다. 지하철이 멈추고 사람들이 물갈이되는 틈을 타서 선생을 데리고 다른 칸으로 건너갔다. 선생이 헤헤거리며 몸을 여전히 흔들어 댔다. 남은 두 정거장이 멀게만 느껴졌다.

지하철에서 내려 계단을 올라갔다. 지하도는 옛날과 별로 달라진 게 없었다. 출구 밖 풍경도 내 기억과 거의 일치했다. 조금 다른 게 있다면 낡고 오래된 느낌이 드는 거였다. 아무래도 좋았다. 이럴 때는 번듯해져서 생소한 것보다는 낡아도 익숙한 게 나한테 유리했다. 선생 집을 더욱 쉽게 찾아갈 수 있을 테니까.

근데 얼마 만에 와 보는 거지? 선생 때문에 찾게 되었지만, 어쨌거나 내가 나고 자란 곳. 10년짜리 내 고향이 틀림없었다.

초등학교 3학년 초겨울까지, 이곳은 내 인생의 봄이었다. 아빠, 엄마랑 방 세 칸짜리 전셋집에서 남들처럼 표 안 나게 잘살았다. 아빠의 봉제 공장도 웬만큼 잘 돌아갔다. 그게 화근이었다. 아빠가 봉제 공장을 둘로 늘렸다가 실패한 것이다. 끌어다 쓴 돈이 통통 불어났다. 사채업자들이 공장과 집에 들락거리면서 온갖 욕설과 행패를 일삼았다. 갑자기 불어닥친 업계 불황은 아빠의 탈출구를 아예 봉쇄해 버렸다. 집 구석구석에 술 냄새와 담배 연기가 짙게 배었다. 마흔 다 된 아빠가 열일곱 살이나 아래인 엄마와 결혼하면서 끊었던 술과 담배였다. 내 따뜻했던 봄은 지나왔던 겨울로 빠르게 뒷걸음쳤다. 그해 겨울이 끝나 갈 무렵, 아빠는 집과 공장을 사채업자들에게 넘겨주고 엄마랑 나를 데리고 도망치듯 이곳을 떠났다. 남은 빚을 어떻게든 갚고 재기해 다시 돌아오겠다면서.

선명한 흑백 사진 같은 기억을 털어 내며 골목 입구로 들어섰다.

동네 골목치고는 넓은 편이었다. 인구 밀도가 높은 산동네를 등지고 있어서 골목 양쪽으로 크고 작은 가게들이 벌집처럼 늘어서 있었다. 그런데 골목 분위기가 예전 같지 않았다. 활기 없이 착 가라앉아 있었다. 지나다니는 사람들도 거의 없고, 문 닫은 가게들도 곳곳이었다. 안으로 더 들어가도 상황은 다르지 않았다. 오히려 스산하고 기괴한 느낌마저 들었다. 쓰레기들이 문 닫은 가게 앞 여기저기에서 나뒹굴었다.

"헤헤헤, 헤헤헤헤."

선생이 뭔가를 발견한 듯 걸음을 멈추었다. 쪼그리고 앉아 부러진 연필을 주웠다. 지우개, 필통, 색종이 등등이 먼지를 뒤집어쓴 채 바닥에 널려 있었다. 선생 옆으로 문구점 간판이 떨어질 듯 덜렁였다. 텅텅 빈 가게였다. 선생을 일으켜 세웠다. 그새 주운 것들이 선생 손에 한가득이었다.

"버려요."

내가 뺏으려고 하자 선생이 손을 등 뒤로 감추었다.

"알았어요. 알았으니까 얼른 가요."

내가 앞장섰다. 선생이 더 줍고 싶은지 따라오면서도 자꾸 뒤돌아봤다.

멀리서 우이잉우잉 하는 소리들이 들렸다. 귀가 번쩍했다. 산동네를 뒤덮었던 수많은 봉제 공장, 그 공장들을 밤낮으로 지키던 기계들이 일제히 돌아가며 내는 소리 같았다. 왠지 불길했다. 나도 모르게 걸음이 빨라졌다. 선생이 뒤처지기 싫은지 내 팔을 붙들었다. 나는 걸음을 멈추었다. 선생 때문이 아니었다. 앞이 막혀 있었다. 저 앞에, 언덕길이 시작되는 지점에, 차단 벽이 세워져 있었다. 어? 아니, 왜? 연달아 물음표를 붙이다가 소스라치고 말았다.

이럴 수가!

도무지 믿을 수가 없었다. 차단 벽 너머에 있어야 할 산동네가 없었다. 한쪽은 몽땅 사라졌고, 나머지도 폐허로 변해 가는 중이었다. 불도저들이 산등성 곳곳에서 집과 건물을 무너뜨리며 우이잉우잉 소리를 질러 대고 있었다. 안개가 낀 듯 눈앞이 뿌예졌다. 손등으로 눈두덩을 문질렀다. 어디, 어디쯤일까? 선생 집, 우리 집, 학교! 눈대중으로 더듬었다. 내 눈이 멎는 곳마다 수북했다. 헐린 건물의 잔해가…….

6

선생님, 탱, 스승님

허탈했다. 지하철을 타고 돌아오는 내내. 물론 기회가 아주 사라진 것은 아니었다. 선생 가족은 뉴타운 건설 때문에 어디론가 이사 갔을 뿐이다. 산동네 근처 다른 파출소나 주민 센터를 찾아가면 해결될 거다. 주소, 가족 관계가 확연히 드러날 거다. 그렇지만 그러자면 내가 누구인지도 밝혀야 한다는 게 밤송이처럼 껄끄러웠다.

정말 아쉽지만 한몫 잡겠다는 생각을 접는 게 나을 것 같았다.

"야."

지나가는 중딩을 불러 세웠다. 녀석이 경계하며 어깨를 움츠렸다.

"부탁이 있는데, 할아버지가 길을 잃은 것 같거든. 파출소에 좀 데려다줄 수 없냐?"

"학원 늦었는데……, 그냥 경찰 부르면 되잖아요."

저절로 미간이 찡그려졌다. 그걸 누가 모르나. 파출소에 내 전화번호가 저장될까 봐 그러지, 인마. 주변을 두리번거렸다. 통화를 막 끝낸 초딩 여자애가 있었다. 사정을 말하고, 내 핸드폰은 맛이 갔으니 좀 빌리자고 했다. 여자애가 마지못해 허락했다. 전화를 걸어 신호가 떨어지자마자 입을 열었다. 그런데 곧장 핸드폰이 먹통이 되었다. 왜 이래? 충전 표시가 깜빡였다. 핸드폰을 돌려주고 나서 또 빌릴 사람을 물색했다. 순간 머리가 반짝했다. 많이 없어졌어도 살아남은 공중전화가 있었다. 선생을 데리고 은행 옆으로 갔다. 마침 부스에 사람도 없었다. 하지만 안으로 들어가지 못하고 멈칫했다. '고장. 수리 예정.'이라는 작은 팻말이 전화통 위에 붙어 있었다. 젠장. 되는 것 하나 없는 날, 어쩔 수 없는 날, 재수 옴 붙은 날이었다. 선생이 멘 가방을 내 어깨에 걸쳤다.

"배고파, 헤헤헤……."

나도 배고팠다. 배 속에서 물 흐르는 소리가 났다. 선생이 빵집 진열대에서 도넛 하나를 집어 들었다. 얼른 빼앗아 도로 놓고 선생을 잡아끌었다. 오늘 선생 때문에 알바도 못 했다. 못 한 만큼 아껴야 한다.

큰길을 벗어나 골목으로 들어오면서 잡고 있던 선생 손을 놓았다. 구불구불한 골목길을 오르자니 더 지치고 허기졌다. 골목에 도사린 열기로 몸은 끈적거리기까지 했다. 선생은 계속 아이처럼 배고프다고 앓는 소리를 냈다.

"아, 정말! 아가리 좀 닥쳐요!"

골목길 경사보다 더 가파르게 짜증이 치솟았다. 움찔한 선생이 울상을 지었다. 폭, 한숨이 절로 나왔다. 근처 구멍가게에서 껌을 샀다. 헤헤거리며 씹는 선생 입가에서 침이 줄줄 흘러나왔다. 나도 껌을 하나 혓바닥 위로 던져 넣었다. 단내를 맡은 침들이 금세 입안에 흥건했다.

지이이잉. 핸드폰이 진동했다. 육상부 1년 선배 뼈다귀였다. 받을까, 말까? 학교에 가지 않으면서 육상부에도 발길을 끊었다. 그동안 육상부에서 달리 연락도 없었다. 그런데 갑자기 왜? 무슨 일로? 단물을 넘기고 핸드폰을 귀에 댔다.

"밥뚜껑, 너 이번 여름 합숙 훈련에 들어와라. 다음 준데, 어때?"

"저 그게……."

"이번에 기록 못 끌어올리면, 나 죽 된다, 죽. 밥뚜껑, 너도 알지?"

물론 잘 안다. 왜 그걸 모르겠는가. 기록을 어느 정도 높여야 코탱의 눈에 들고, 집중적으로 지도받을 수 있다. 그렇게

코탱과 가까워져야 지역 예선을 뛰어넘고, 본선에서 메달을 목에 걸 확률이 높아진다. 앞길이, 대학 진학의 문이 조금이라도 더 넓어지는 거다.

"너 아냐? 중코탱이 아직도 없어, 씨발."

중코탱이 그만둔 게 올 초인데 지금까지도 다른 중코탱을 안 데려왔다고? 100에서 1500까지 다 맡은 단코탱의 지도에는 분명 한계가 있을 거다.

"까놓고 말하는데, 훈련 파트너가 필요하다. 부탁 좀 하자. 밥뚜껑, 딱 열흘이다, 딱 열흘."

우리 학교 육상부에서 중거리 800을 뛰는 사람은 뼈다귀 선배와 나, 둘뿐이다. 때문에 중코탱을 데려오지 않는 건지도 모른다. 뼈다귀는 나보다 훨씬 좋은 기록을 갖고 있다. 봄에 시 대회에 나가 예선을 통과했다. 비록 본선에서 준결승 진출에 실패했지만, 나로서는 넘볼 수 없는 성적이었다. 뼈다귀는 1500 예선도 통과했었다. 그런 뼈다귀가 내게 훈련 파트너를 부탁하다니, 급하긴 급한가 보았다.

"연습 안 한 지도 오래됐고, 또……."

"괜찮아. 걱정 마. 코탱한테 잘 말해 볼게. 부탁한다, 밥뚜껑."

뼈다귀가 일방적으로 전화를 끊었다. 에이, 정말! 말끝마다 밥뚜껑, 밥뚜껑! 그러나저러나 골이 좀 아프게 생겼다. 선생 문제야 낼모레라도 해결할 수 있겠지만, 알바를 그렇게 오래 접을 수는 없다. 오늘 하루 쉬는데도 꽤 신경이 쓰였다.

단물이 위를 자극했는지 더 허기졌다. 선생의 손을 잡아 끌기도 그만큼 더 힘들었다. 구불구불한 골목을 거슬러 겨우 집 앞에 이르렀을 때는 다리에서도 힘이 빠졌다. 잠깐 숨을 돌리고 계단을 올라갔다. 올라갈수록 두 허벅지가 쇠붙이처럼 무겁고 무릎이 팍팍해졌다.

"잘함은 고사하고 보통도 하나 없어. 다 '노력 요함'이야."

염소 아저씨의 격앙된 소리가 났다.

"이게 옛날식으로 하면 몽땅 양이나 가야. 양, 가."

"메에에에는 알겠는데, 가는 뭔데요?"

"공부 꽝, 꼴통! 그런 말이야. 아빠는 이 정도는 아니었어. 알아?"

"다른 애들은 다 학원 다닌단 말이야."

옥탑방에 들어오자마자 냉장고에서 먹다 남긴 옥수수와 빵을 꺼냈다. 물통도 꺼냈다. 선생이 한 손에 옥수수를, 다른 손에 빵을 들어 동시에 입으로 가져갔다. 나는 물통 아가리를 쭉쭉 빨았다. 목구멍으로 콸콸 냉수가 쏟아지자 우선은 살 것 같았다. 싱크대 위 수납장에서 라면 하나를 꺼냈다. 냄비에 물을 받아 가스 불에 올려놓았다. 문과 창으로 옥상의 열기가 들어와 방이 찜질방 같았다. 선풍기를 돌렸다. 옥수수와 빵을 다 먹은 선생이 물통을 집어 마셨다. 입가에서 흘러내린 물이 선생 앞가슴을 적셨다.

면과 수프를 끓는 물에 넣고 기다리는 동안, 선생이 모로 누워 까무룩 잠들었다. 고단한지 이내 코를 골았다. 나는 다 끓인 라면을 먹었다. 국물 한 방울 남기지 않고 단숨에 해치웠다. 빈 그릇을 싱크대 안에 던져 놓고 벌러덩 드러누웠다. 노란 나비가 창문 안으로 들어왔다 도로 나갔다.

"아빠가 좀 보재요."

꼬맹이가 문밖에서 말하고는 빨리 가자고 재촉하듯 나를 기다렸다. 나른해서 한숨 자고 싶었지만, 아래층으로 내려갔다. 외출하려는지 염소 아저씨가 거울 앞에서 턱수염을 빗질하면서 옷매무새를 가다듬고 있었다.

"어, 딴게 아니라, 우리 은갑이 과외 공부 좀 맡아 줘라."

말문이 막혔다. 과, 과외라고? 내가 지금 과외 부탁받은 거, 맞아?

"어, 얘가 머리 하나는 비상하거든. 잘만 가르쳐 놓으면 나처럼 손바닥만 한 데서 떠돌 애는 아니거든. 오대양 육대주를 누비고도 남을 애야. 근데 가르칠 사람이 마땅치가 않아. 뭐, 공짜로 해 달라는 건 아니고, 영어는 3학년 때부터 배운다니까, 겨울 방학 때 하면 될 거 같고. 요즘 개인 과외비가 얼마지?"

"그, 글쎄요. 근데 제가 좀⋯⋯."

돈 냄새에 구미가 당기면서도 머리 한쪽에선 알바와 합숙 훈련이 복잡하게 얽혀 돌아갔다. 좀 성가시지만 선생 문제야 언제든지 처리하면 될 거고.

"국, 수, 두 과목에, 싸잡아서 10이 아니라, 따로따로 10. 어때?"

허억, 20, 20이라고? 심장이 멎는 듯했다.

"하지만 숟가락 몇 갠지 아는 처지에 다는 그렇고, 과목당 7만 원. 콜?"

그래도 대박이었다. 고정 월수입이 생기다니. 나는 고개를 크게, 아주 크게 끄덕였다. 염소 아저씨가 지갑에서 만 원짜리 세 장을 꺼내 내 손에 쥐여 주었다. 참고서를 사서 당장 오늘부터 시작하라고 했다. 네, 하는 내 목소리도, 지폐를 든 내 손도 떨렸다.

"참, 선생님은 가셨어?"

거울 앞에 얼굴을 비추며 염소 아저씨가 물었다. 잔다는, 내일 갈 거라는 내 대답에 염소 아저씨는 콧소리로 으응, 하고 짧게 반응했다. 뭔가 기분 좋은 일이 있는 것 같았다. 무스 바른 머리를 손바닥으로 싹싹 쓸어 넘겼다. 그러면서 손목시계를 확인하고는 서둘러 현관 밖으로 나갔다. 꼬맹이가 닫히는 문에 대고 뭐라고 종알대며 입을 삐죽거렸다. 염소 아저씨에게 불만이 많은 것 같았다. 나는 지폐를 주머니에 모셔 넣고 허음, 헛기침했다. 꼬맹이가 그런 나를 멀뚱멀뚱 올려다보았다.

"왜? 나 같은 사부가 생겨서 왕감격했냐?"

"그게 아니라, 물어볼 게 있어요."

꼬맹이는 이제부터 그냥 꼬맹이가 아니었다. 금쪽같은 꼬맹이였다. 내 생계에 큰 부분을 차지하게 될, 넝쿨째 들어온 복덩이였다. 어떤 질문이라도 당연히, 마땅히 받아 줘야 한다.

"어쭈, 싹수가 보이는데. 공부 잘하는 방법을 다 알고. 그래, 궁금한 게 뭔데?"

"이제 뭐라고 불러요? 형님을 쌤이라고 할까요?"

딱!

"아얏! 그럼 담탱?"

딱!

"으씨! 왜 때려요? 중딩, 고딩 되면 담임 선생님을 담탱이라고 한다던데."

꼬맹이가 눈을 치뜬 채 쥐어박힌 곳을 문질렀다. 그러다가 한순간 눈을 반짝 굴리더니 또박또박 뱉어 냈다.

"스, 승, 님."

"뭐?

"선생님보다 더 폼 나는 것 같잖아요. 스승님, 스승님으로 불러 줄게요. 히힛."

7

버리고 싶은 것

양념통닭을 식탁 위에 놓았다. 꼬맹이 눈이 휘둥그레졌다. 선생은 포장째 먹으려는지 손이 먼저 나갔다. 선생 손을 막고, 꼬맹이에게 비닐장갑을 가져오라고 했다. 꼬맹이가 없는데요, 하더니 거실 한쪽에 쌓인 박스들을 뒤적거렸다. '김장 기획 상품'이라고 쓰인 박스에서 빨간 고무장갑을 꺼내 왔다. 고무장갑을 선생 두 손에 끼워 주고 통닭 상자 뚜껑을 열었다. 선생이 덩어리 하나를 덥석 집어 입으로 가져갔다. 닭 모가지였다.

"근데 통닭 어디서 난 거예요?"

"하늘에서 떨어졌다, 왜?"

헌책방에 새 책 같은 책들이 널렸다. 새것 같은 참고서를 정가보다 30퍼센트 이상 싸게 두 권을 샀다. 남은 돈을 통째로 꿀꺽할까 했지만, 이참에 녀석에게 선심을 써 두는 것도 좋을 것 같았다. 이왕 쏘는 것 사이다도 대짜로 샀다.

꼬맹이와 내가 서너 덩이씩 먹는 동안 선생은 양손에 든 닭 모가지와 등뼈만 번갈아 가며 물어뜯었다. 간혹 고무장갑에 묻은 양념을 핥고 깨물었다. 그러다 움찔하고는 고무장갑 낀 손을 바라보았다. 장갑 안에 자기 손이 있는지 모르는 것 같았다.

꼬맹이가 한 컵 가득 따른 사이다를 쭉 들이켜더니 커억 트림했다.

"그럼 시작해 볼까, 뭐부터 할래?"

포만감에 실실 웃던 꼬맹이 표정이 복잡해졌다. 나는 통닭을 선생 앞으로 밀어 놓고, 발밑에 두었던 비닐봉지에서 참고서를 꺼냈다. 수학 먼저 펼쳤다. 휴지로 입을 닦던 꼬맹이가 우거지상을 했다. 네 자릿수. 1단원 제목이었다. 돈 만지는 혈통이라 다섯 자리까지도 꿰고 있을 꼬맹이다.

"1단원은 건너뛰고. 꼬맹이, 구구단 알아?"

"구구단요?"

"그것도 몰라? 비둘기도 아는 거야, 인마."

"정말요?"

"너 책받침 있는 거 다 갖고 와."

녀석이 영문을 모르고 제 방에 들어갔다. 선생이 모가지를 놓고 다른 걸 집어 들며 헤헤거렸다. 꼬맹이가 책받침 몇 개를 가져왔다. 책받침을 앞뒤로 살폈다. 학원 소개나 만화 그림 말고도 내 예측에 부응하는 게 있었다. 구구단 표가 있는 책받침을 꼬맹이에게 주고 구구단 읽는 법을 알려 주었다.

"외워."

"이걸 다요?"

꼬맹이가 또 우거지상을 지었다. 그랬다가 내 도끼눈을 보고는 책받침을 보며 소리 내어 노래를 시작했다. 나는 벽에 걸린 화이트보드로 눈을 돌렸다. '해피 씽씽 만물 종합 상사'라는 큼지막한 글씨 아래 올여름 기획 상품, 전국 장터 날짜, 어느 장터에서 어떤 물건들이 잘 팔리는지, 다음 주까지의 날씨, 새로 생긴 도로 등등 잡다한 내용들이 끼적끼적 적혀 있었다. 보드 판을 깨끗이 지우고, '수학 2학년 2학기, 제2단원 곱셈 구구'라고 큼지막하게 썼다. 선생이 닭을 먹으며 꼬맹이를 따라 중얼중얼했다. 국어도 써 놓았다. '국어 2학년 2학기, 제1단원 장면을 떠올리며.' 공부하는 티가 나고 그럴싸한 과외 공부방 분위기가 났다. 땅 짚고 헤엄치는 알바! 세종 대왕님과 신사임당 님 냄새가 솔솔 풍겼다.

"아우, 집중 안 돼."

꼬맹이가 선생을 흘겨봤다. 선생이 뭔가를 중얼거리다가

쩝쩝대며 먹었다.

"공부할 때는 외계인이 말을 걸어도 몰라야 하는 거야, 집중!"

벽에 걸린 텔레비전을 켜고 통닭을 옮겨 놨다. 선생이 따라와 엉거주춤 앉더니, 텔레비전에 눈을 붙박고 통닭을 먹었다. 꼬맹이가 텔레비전을 힐끔거렸다. 나는 꼬맹이 등을 툭툭 치고 꼬맹이 방으로 들어갔다. 꼬맹이 한숨 소리가 방 안까지 따라 들어왔다. 컴퓨터를 켜고 게임했다. 두 게임을 내리 지고 세 번째 게임은 비겼다. 그런데 어? 노랫소리가 나지 않았다. 거실로 나갔다. 꼬맹이가 어깨를 축 늘어뜨린 채제 머리를 쥐어뜯고 있었다.

"첫날부터 이렇게 죽 쑤면, 네 아빠 소원 풀어 줄 수 있겠냐? 어른 돼서 오대양 육대주 폼 나게 누빌 수나 있겠냐고!"

"누가 그걸 모른대요? 공부 못해서 나쁜 오대양 육대주 누빌 생각은요, 나도 진짜 없다고요."

"짜샤, 나쁜 오대양 육대주가 어딨어?"

"있어요. 김 양, 이 양, 박 양, 또 뭐더라, 암튼 오대양하고, 소주, 맥주, 양주, 고량주, 동동주, 꽃뱀주, 이런 육대주는 조심하랬어요, 아빠가. 잘못하면 인생 조진다고요. 스승님도 인생 안 조지려면 나쁜 오대양 육대주가 있는 술집들 조심하세요."

"이게 언다 대고 스승님을 감히 가르치려 들어!"

"제가 뭘요? 우리 아빠 말이 그렇다는 거죠."

"알았어, 인마. 착한 오대양 육대주 누비려면 당장 노래해 봐. 책받침은 덮고."

골 틈새가 더 벌어졌는지 꼬맹이가 오만상을 찡그리며 노래했다.

"이일은 이, 이이는 사, 이삼은 육, 이사 팔, 이오……, 이오……."

꼬맹이가 제 머리를 쥐어박으며 '이오'만 고장 난 시디처럼 반복했다. 그때 '십' 하는 소리가 났다. 선생이었다. 고무장갑을 낀 채 보드 마커를 쥐고 보드 판에 뭐라고 쓰고 있었다. 일그러진 숫자와 알아볼 수 없는 기호들. 선생은 계속 뭉개진 것 같은 연산 부호를 규칙 없이 적으면서 구구단을 노래했다. 곱셈과 답이 하나도 들어맞지 않았다. 보드에 통닭 양념이 묻어서 난장판이었다.

"우아, 진짜 대단하다. 난 하나도 모르겠는데. 스승님, 진짜 스승님의 선생님이 맞긴 맞나 봐요."

꼬맹이가 보드 판과 '스승님의 선생님'을 보며 놀랍다는 표정을 지었다. 나는 '수업 끝'을 선언하고, 선생 손에서 마커를 가져오고, 아니 빼앗고, 고무장갑을 벗겼다. 꼬맹이가 내 눈치를 보며 포켓몬 카드와 로봇을 챙겨 들었다. 선생이 꼬맹이 옆으로 가며 헤헤거렸다. 꼬맹이가 선생을 꼬리처럼 달고 현관 밖으로 슬그머니 나갔다.

'아, 정말! 어떻게든 빨리 처리해야지, 방해만……'

수세미에 세제를 묻혀 보드 판을 박박 문지르고 헹궜다. 마커도 깨끗이 씻었다. 화장지로 물기를 닦아 보드 판을 원래 자리에 걸었다. 위층에서 팅팅 탁탁 부딪치는 소리가 났다. 신나서 히히거리고 헤헤거리는 소리도 들려왔다. 아까처럼 보드 판에 또박또박 써 남겼다, 과외 공부 흔적들을. 걸레로 보드 판 밑, 텔레비전 앞을 문질렀다. 통닭 쪼가리와 양념이 잔뜩 묻어났다. 걸레까지 빨고 나니 맥이 좀 풀리는 것 같았다.

사이다병을 들어 한 모금 마시는데, 날 선 목소리가 났다.

"누구야? 당신 누구야?"

후다닥 옥상으로 뛰어 올라갔다.

"물어내! 원래대로 해 놔, 빨리! 이 미친 영감탱이야!"

지하방 할머니가 바락바락 소리를 질러 대고, 맨발인 선생은 고춧대를 든 채 겁먹은 얼굴을 하고 있었다. 분질러진 고춧대와 뿌리째 뽑힌 가지와 들깨가 바닥에 널려 있었다. 상추와 쑥갓도 곳곳이 뜯겨 어지러웠다. 자라목을 했던 선생이 나를 보고는 헤헤거렸다.

"마침 잘 왔다. 핸드폰 있지? 경찰 불러. 저 영감탱이가 지

랄발광하고 난리 치는 걸 이 눈구멍으로 꽝꽝 박았으니께, 후딱 경찰차 불러."

할머니가 입에 거품을 물고 말했다.

"아, 왜 이랬어요, 선생니……."

"선상님? 저 영감탱이가? 두공이 너 시방 나 놀리냐?"

"할머니, 진짜예요. 선생님 맞아요."

타이거와 드래건을 양손에 나눠 든 꼬맹이가 말했다.

"아이고, 선상님들 다 어디서 낮잠들 주무시나 보네. 저렇게 미쳐 갖고 학상들을 어떻게 갈켜, 갈키길. 저 영감탱이가 선상님이면, 나는 교수여, 총장 교수! 얼른 전화 질러, 경찰서에."

나는 주머니 속 핸드폰을 꺼내는 대신 꼬맹이를 노려봤다.

"빨리 알렸어야지!"

"갑자기 똥 마려워서 똥 누느라고요……."

꼬맹이가 기어드는 소리로 입술을 달싹였다. 나는 방으로 들어가서 선생 가방을 챙겨 도로 나왔다. 구두를 선생 발에 꿰어 신기고 선생 손을 잡아끌었다.

"경찰 부르라는데, 어딜 데려가는 거야? 두공아, 두껍아!"

핏대 세운 목소리가 계단을 따라 내려오다 멈췄다. 마지막 계단을 내려서던 선생이 휘청거렸다. 그러거나 말거나 선생을 더욱 우악스럽게 잡아끌었다. 선생이 소풍이라도 가는

양 헤헤거리며 따라왔다. 골목 바닥이 빠르게 발걸음 뒤로 밀려났다.

'버리는 게 아냐. 가족한테 돌려주는 거야, 사례마저 포기하고.'

내가 버리고 싶은 건 책상 서랍 속에 처박힌 메달들이다. 트랙 위의 질주가 굳어 버리면서 녹슨 메달들. 한때 내 모든 희망이었다가, 엄마의 자랑이었다가 거품이 된 메달들. 동은 둘째 치고 은도 가짜라서 무쇠나 다름없는, 내 생계에 아무 도움도 안 되는 고물 중의 고물들.

골목을 막 빠져나올 때 선생이 멈칫했다. 몸을 부르르 떨었다. 선생 사타구니 사이로 오줌이 흘러내렸다. 오가는 사람들이 눈살을 찌푸렸다. 선생을 끌고 은행 옆 공중전화 쪽으로 갔다. 한 사람이 통화를 막 끝내고 부스에서 나왔다. 수리된 모양이었다. 112로 전화를 걸었다.

"여기 어떤 할아버지가 있는데요, 길 잃어버린 것 같아요. 빨리 와 보세요. 은행 옆이에요, 공중전화 있는 데요. 가방 멘 할아버진데, 바지에 오줌 눴으니까 금방 알아볼 수 있을 거예요."

전화를 끊고 나와서 가방을 선생 어깨에 둘러메 줬다. 헤헤거리던 선생이 이맛살을 찌푸렸다. 곧이어 푸르르 소리가 나더니 쿠린내가 났다. 선생 바짓단으로 묽은 똥이 미끄러지

듯 내려왔다. 비둘기가 뒤뚱거리며 뻥튀기 부스러기를 쪼았다. 푸르르르르. 똥물이 낡은 구두를 뒤덮었다. 선생이 헤헤거리며 엉거주춤 손을 내밀었다. 한쪽 발목이 잘린 비둘기를 향해.

8

쯩

'내가 아는 선생이 아니었어. 그냥 이상한 노인, 노인일 뿐
이었어.'

그렇게 나 자신을 세뇌했다. 옥상을 두툼하게 덮은 어둠보
다 더 짙게. 그래도 뭔가 영 켕겼다. 비린 생선을 만지고 손
을 씻지 못한 것처럼, 시궁쥐가 잠든 내 몸을 넘어간 것처럼,
기절한 문어가 내 등짝에 빨판을 대고 있는 것처럼.

핸드폰이 울렸다. 낯선 번호라서 무시했다. 잠시 후 문자
가 찍혔다. 학생증을 찾아가라는, 파출소에 보관 중이라는
내용이었다.

학생증?

언제 어디서 잃어버렸는지도 모른다. 서랍 속 메달들처럼

하찮은 것이다. 필요 없는 것이다.

'어쩌지? 짭새 집에 가기 싫어 별짓 다 했는데.'

학생증에 적혀 있지 않은 전화번호를 알아낸 짭새다. 나에 대해 얼마나 알고 있을까? 무단결석, 육상 중단, 부친 사망, 모친 출국, 옥탑방에서 혼자 지내는 동남아 계통 혼혈 청소년. 어느 것 하나 안정된 게 없다는 걸 벌써 파악하고 불길한 물음표를 붙였을지 모른다. 짭새의 관찰 대상이 된다면 알바 현장도 결국은 발각될 거다. 학생증을 찾아가면 그나마 좀 나은 인상을 줄까? 짭새의 관심으로부터 어느 정도 비켜날 수 있을까?

이런저런 생각으로 골 아픈데, 불현듯 어둠을 찢는 소동이 느껴졌다. 곧이어 계단을 빠르게 뛰어 올라오는 소리가 났다.

"형님! 스승님!"

"공부할 때만 스승님."

"형님, 우리 아빠 큰일 났어요!"

스위치를 올렸다. 울 것 같은 꼬맹이를 따라 계단을 내려갔다. 2층 계단에 염소 아저씨가 주저앉아 있었다. 술 냄새가 확 풍겼다. 겨드랑이에 손을 넣어 부축하려고 하자 염소 아저씨가 몸을 흔들어 거부했다.

"어, 두공아, 아니 선생님이지, 오늘부터 우리 은갑이 선

생님. 나 오늘 좀 마셨어요, 선생님. 으흐흐흐, 이해하지? 오,
우리 아들 은갑이!"

염소 아저씨가 꼬맹이를 와락 껴안고 볼을 비벼 댔다. 꼬
맹이가 숨이 막히는지 캑캑거리며 낯을 찡그렸다.

"대가리에 먹물 좀 든 것들은 시건방져. 저 혼자 잘났어,
퉤. 우리 은갑이 엄마 자격 완전 꽝이야. 그래서 아빠가 차
버렸어. 뺑, 뺑. 퇴짜를 놔 버렸지. 잘했지? 아빠가 배운 건
없어도 돈 많다. 베트남, 필리핀 여자 한 트럭, 아니 열 트럭
도 데려올 수 있어. 그래도 이 아빠는 우리 은갑이하고만 살
거야, 으흐흐흐."

베트남, 필리핀 여자 한 트럭이란 말이 몹시 거슬렸다. 염
소 아저씨를 나무 뽑듯 일으킨 다음 질질 끌고 집으로 데려
갔다. 혀 꼬부라진 소리를 내뱉는, 못된 인간 염소를 안방에
다 패대기치듯 내려놓았다. 꼬맹이가 거실과 안방에서 제 아
빠 구두를 하나씩 찾아 현관에 내놓았다.

"그냥 가면 어떡해요?"

"네 아빠잖아. 알아서 해."

옥상으로 올라왔다. 밤하늘에 별 하나가 가물가물했다.
'여자 한 트럭'이란 말이 머릿속을 맴돌았다. 아빠도 엄마와
결혼할 때 여자를 한 트럭 실어 와 골랐을까? 자꾸만 텔레비
전 프로그램 〈추적, 그 현장〉에서 본 장면이 떠올랐다. 동남

아 여자들 수십 명을 일렬로 세워 놓고 그중에서 결혼 상대자를 고르는, 그것도 단 몇 분 만에…….

주머니에서 핸드폰을 꺼냈다. 내가 먼저 엄마에게 전화를 걸어 보기는 처음이었다. 항상 엄마가 전화를 걸어 왔다. 그게 당연한 것처럼 나는 엄마 전화를 기다렸다. 저장된 번호를 꺼냈다. 00185620……. 아직도 익숙하지 않은 숫자들. 엄마는 여기서 쓰던 번호를 버리고 새 번호를 받았다. 발신을 눌렀다. 받지 않았다. 무슨 일일까? 다시 한 번 발신을 눌렀지만 소용없었다. 정말 무슨 일이라도? 혹시 외할머니가 위중하거나, 아니면 돌아가셔서 경황이 없는 건가? 아냐, 아닐 거야. 별일 아닐 거야.

방으로 들어왔다. 냉장고에서 물을 꺼내 타는 목을 달랬다. 그래도 갈증이 나고 가슴이 답답했다. 한여름 열기를 옥탑방이 다 수거해 끌어안고 있는 것 같았다. 모기도 왱왱댔다. 달려드는 몇 마리를 때려잡고, 밖으로 나와 계단을 내려갔다.

1층에 이르렀을 때, 지하에서 할머니가 올라왔다.

"어디 가냐? 이거 받아라."

쟁반에 부침개 몇 장이 있었다. 들기름 냄새가 코끝을 문질렀다.

"깻잎, 고추, 가지 넣고 부쳤다. 이렇게라도 먹어야지 아까

워서……. 아까는 내가 좀 심했어. 선상님한티 그러면 안 되는디. 아무리 지금 좀 그렇더라도 선상님은 선상님인디. 아휴, 이미 엎질러진 물이니 입이 하마라도 헐 말 없으니께, 뵙거든 내 대신 참말로 죄송하다고 잘 말씀드려라이."

"네, 할머니. 잘 먹겠습니다."

부침개를 손으로 들고 대문을 나섰다. 골목을 구불구불 내려오면서 입속에 몰아넣었다. 저녁을 거르고 있던 참이라 속에서 막 끌어당겼다. 그런 내 모습과 뭐든 게걸스럽게 먹던 선생이, 아니 노인이 내 머릿속에서 겹쳐졌다. 순간 사레들렸다. 컥컥거리는 게 멈추지 않아 통통 가슴을 한참 쳐 댔다.

고장 난 가로등이 껌벅대는 골목을 지나 큰길로 나왔다.

어디로 갈까?

걸음이 이끄는 대로 어슬렁어슬렁 나아갔다. 거리는 밤을 맞아 휘황한 불빛으로 치장하고 있었다. 걸음을 뚝, 멈추었다. 쭉 가면 은행이, 공중전화가, 비둘기가 날아오르던 곳이 나온다. 걸음을 반대로 되돌렸다. 만화방이나 갈까? 주머니 속 동전을 짤랑거렸다. 2층 만화방 앞을 그대로 지나쳤다.

지하도로 내려갔다. 화장실에서 손에 남은 들기름을 씻어 냈다.

이왕 여기까지 온 김에 알바 자리로 향했다. 복장을 갖춘 건 아니지만 그래도 여기까지 왔으니 내 금싸라기 땅을 한

번 밟아 줘야 할 것 같았다. 7번 출구 계단을 올라갔다. 헉! 웬 아줌마가 삶은 옥수수를 팔고 있었다.

'아줌마! 여긴 내 자리예요! 다른 데로 꺼지라고요!'

입 밖으로 말 한마디 꺼내지 못했다. 목젖 아래에서만 악썼다. 아줌마가 나를 한 번 올려다보고는 살 사람이 아니라는 걸 알았는지 다른 행인들에게로 눈을 돌렸다. 열불이 났지만 일단 참았다. 소란을 피워 짭새를 출동시키면 안 되니까. 그렇지만 다음에 또 내 금싸라기 땅을 범한다면, 그땐 진짜 가만있지 않을 거다.

아줌마에게 탕탕탕 눈총을 날리고 출구 밖으로 나왔다.

사타구니 쪽에서 느낌이 왔다. 엄마? 얼른 주머니에서 핸드폰을 꺼냈다. 에이, 젠장! 짭새였다. 아까와 똑같은, 학생증 찾아가라는 문자. 어쩐다? 아무래도 학생증을 찾아오는 게 좋을 것 같았다. 문자를 날릴수록 내 전화번호와 이름이 짭새의 뇌리에 새겨질 거다, 부정적으로.

'그런데…… 아직도 짭새 집에 있는 건 아니겠지?'

짭새 집 앞에 이르러 심호흡을 몇 번 했다. 유리문 밖에서 안을 살폈다. 가림막 때문에 다 보이지는 않지만, 일단 선생은 안 보였다. 설마 있다 해도, 나를 보며 헤헤거린다 해도, 모른 척하면 그만이다. 문을 밀고 안으로 들어갔다.

"무슨 일로……, 어, 쫑?"

깍두기 머리 스타일 짭새가 학생증 속 사진과 나를 번갈아 보았다.

"맞네. 앗, 모기."

짭새가 내 학생증으로 모기한테 물린 제 팔뚝을 쓱쓱 긁었다. 팔뚝에 문신 흔적이 있었다. 치타?

"너, 쫑이 얼마나 좋은 건지 모르지? 내가 말이야, 중학교 때 사고 쳤었거든. 근데 콩밥 안 먹고 이렇게 경찰이 됐잖아. 잘 간수해. 잃어버리면 눈썹 휘날리게 찾고."

짭새가 내민 학생증을 받아 들었다. 몇 달 동안 이리저리 굴러다녔을 텐데, 긁힌 데 없이 거의 그대로였다. 반갑지 않았다. 납작하고 퍼진 콧잔등, 깊고 두꺼운 쌍꺼풀. 흑백 사진이었다면 내 얼굴이 덜 두드러져 보일 텐데.

"어이, 오 순경, 그 할아버지 어떻게 됐어?"

뒤쪽에서 나이 든 짭새가 입을 오물거리며 이쪽으로 고개를 빼고 물었다. 그의 손에 들린 젓가락에 짜장면 가락이 걸려 있었다.

"요양원에서 사람들이 와서, 30분쯤 전에 데려갔어요."

"어, 그래?"

"들꽃, 들꽃요양원이라고 하던데, 데리러 온 사람들이 깜짝 놀라더라고요. 치매를 앓긴 했지만, 그래도 가끔 제정신을 차릴 때가 있었다나 봐요. 근데 몇 달 만에 완전히 딴사람

됐다고 한숨만 내쉬더라고요."

오 짭새가 보고하듯 말하고는 나를 보았다. 왜 안 가고 그러고 있냐고. 나는 학생증을 주머니에 찔러 넣으며 후딱 돌아섰다.

9

물방울 알

들꽃요양원.

책상 서랍에 학생증을 던져 넣을 때도 머리에서 귀찮게
맴돌았다.

선생은 언제부터 거기에서 지냈던 거지? 가족들이 집에서
돌볼 수는 없었나? 어떻게든 가족들에게 데려다주었다면 환
대를 받았을까? 들꽃요양원, 거긴 어디? 에잇, 젠장. 내가 왜
이러는 거야.

핸드폰을 열어 엄마한테 전화를 걸었다. 받지 않았다. 정
말 뭔 일이 생긴 거야. 그렇지 않고는 이럴 리 없어. 아니야,
오히려 별일 아닐지도 몰라. 배터리가 다 됐거나, 핸드폰을
잃어버렸거나. 아니, 아니야. 정말 무슨 일이 생긴 거야. 아

냐, 그렇지 않아. 아, 몰라, 몰라!

선생과 엄마 때문에 머릿속이 뒤죽박죽이었다.

아랫집으로 내려갔다. 불을 켜 놓은 채 안방에서 염소 아저씨와 꼬맹이가 잠들어 있었다. 방 안에 술 냄새가 고여 있었다. 꼬맹이가 벗기려다 말았는지 염소 아저씨 반팔 셔츠는 단추만 풀어져 있고, 바지는 허리띠만 느슨했다. 염소 아저씨 팔을 벤 꼬맹이가 모로 누우며 다리 하나를 염소 아저씨 배 위에 척 걸쳤다.

꼬맹이 방으로 가서 컴퓨터를 켰다.

딴 뜻 없어. 그냥 한번 알아보기만 하는 거야.

키보드를 두드려 '들꽃요양원'을 띄우고 클릭했다. 몇 개가 떴다. 이 도시에는 하나였다. 주소를 보니 변두리고, 지도를 보니 지하철역 근처. 여기에서 50분 이상 걸리는 곳이었다. 창을 지우고 게임을 했다. 별로 재미가 없었다. 세 게임도 못 채우고 옥탑방으로 올라왔다. 불 끄고 자리에 누웠다. 노곤했다. 눈꺼풀도 무겁기만 했다.

"야, 두공아, 일어나. 두공아, 일어나 봐."

윗몸을 일으키는데 온몸이 찌뿌드드했다. 염소 아저씨가 노크하듯 내 머리를 톡톡 쳤다.

"나 지금 일 간다. 요번에는 좀 오래 걸릴 거야."

"네."

"보드 판 보니까 너 과외 선생으로 아주 나가도 되겠더라. 우리 은갑이, 잘 좀 챙겨 줘. 그리고 이거, 10만 원이야. 은갑이랑 먹고 싶은 거 사 먹어."

염소 아저씨가 내민 돈을 받았다. 남아 있던 잠이 확 달아났다. 과외비는 언제 줄 거냐고 묻고 싶었지만, 그럴 상황은 아닌 것 같았다. 여자에게 차이고 결연한 태도로 돈 벌러 나서는 염소 아저씨였다.

"걱정 붙들어 매세요."

염소 아저씨가 방에서 나갔다. 창밖이 어스름했다. 대체 몇 신데? 핸드폰을 열었다. 4시 47분. 뭐야, 이 시간에! 돈을 지갑에 넣고, 두 시간 후로 알람을 맞춰 놓고 자리에 누웠다. 잠이 오지 않았다. 뒤치기만 하다가 결국 6시도 못 돼 일어나고 말았다. 아래층으로 내려갔다. 염소 아저씨가 내 단잠을 날려 버렸듯이 나도 꼬맹이를 깨웠다.

"아빠, 왜 그래, 졸려 죽겠는데……, 스승님……, 형님."

꿈틀대던 꼬맹이가 나를 보고는 자리에서 발딱 일어났다.

"네 아빠는 돈 벌러 멀리 갔고, 이제부터는 내가 너를 책임진다. 일단 세수부터 하고, 비둘기 노래 가지고 와. 실시!"

"이렇게 졸린데 어떻게 해요, 형님, 아니, 스승님."

"인마, 일등 하는 애들은 다 새벽에 공부해. 성당이나 교회에서도 새벽마다 기도하고. 왜 그러겠냐? 새벽에 골이 핑핑 돌아가니까. 알아듣겠냐?"

꼬맹이가 찌그러진 얼굴로 화장실로 갔다. 세수하고 나와 제 방으로 가서 책받침을 가지고 왔다. 비둘기 노래를 테스트했다. 2단은 통과. 3단은 네 토막을 넘어가지 못했다. 꼬맹이에게 과제를 주고 나서, 아침거리를 찾아 냉장고 안을 뒤적였다. 소시지가 손에 걸려드는데, 핸드폰이 울렸다. 이렇게 일찍 누가? 엄마? 아니었다. 육상부 선배 뼈다귀였다.

"밥뚜껑, 합숙 훈련 날짜가 바뀌었어. 씨발, 내일부터야. 멀리 안 가고, 종합운동장. 숙소는 그 옆에 있는 모텔. 씨발, 올 수 있지?"

지난번에 전화받았을 때보다 대가리 속이 더 꼬였다. 꼬맹이 과외는 어떻게 하고, 또 알바는? 까딱하면 금싸라기 터를 잃을 판이라 오늘부터라도 특별 관리에 나서야 했다. 그렇다고 뼈다귀를 나 몰라라 할 수도 없었다. 지금이야 내키지도 않고 내 맘대로지만, 엄마가 오면 싫어도 학교에 가야 한다. 아니, 등 떠밀려 가게 될 거다. 밉보였다간 훗날 큰 탈이 날 수도 있다.

결정을 쉽사리 내리지 못하고 우물쭈물했다.

"새꺄, 정 뭣하면 나 연습할 때만이라도 잠깐 와. 숙식하라고는 안 할 테니까. 알았지, 밥뚜껑? 그럼 내일 오는 걸로 안다. 9시다, 구땡이라고."

잔뜩 힘준 구땡 뒤에 '안 오면 알지? 너 죽는다!'가 생략되었음을 직감했다.

핸드폰을 닫고, 냉장고 안을 샅샅이 뒤졌다. 당분간 먹고 살 것을 파악해 둬야 한다. 아낌없이, 남김없이 찾아 먹어야 한다. 그래야 10만 원 중에서 얼마라도 남겨 '인 마이 포켓' 할 수 있다. 밥은 황공하게도 염소 아저씨가 밥솥에 안쳐 놓았다. 전기 코드를 찌르고 취사 버튼을 눌렀다. 비둘기 노래를 하던 꼬맹이가 제 머리를 마구 쥐어뜯을 때, 밥이 다 됐다.

"스승님, 국어는 언제 해요?"

"너 읽을 줄 몰라?"

절레절레.

"쓸 줄 알지?"

*끄덕끄*덕.

"다 아네. 약한 과목에 집중해. 비둘기보다 못하면 쪽팔리잖아."

대충 설거지하고 옥탑방으로 갔다. 장롱 위로 손을 뻗어 가방을 내렸다. 먼지가 풀풀 날렸다. 넉 달 전, 트랙을 떠난 후 처박아 두고 거들떠보지도 않았다. 그랬던 가방이었는데. 찌이익, 지퍼를 잡아당겨 가방의 배를 갈랐다. 운동화, 셔츠, 팬티, 양말. 트랙에 설 때 썼던 것들이 그대로 있었다. 발바닥에 태엽이 감기는 것 같았다. 흰 페인트가 반쯤 벗겨진 문지방이 출발선으로 보였다. 당장이라도 튕겨 나갈 수 있을 것 같았다. 그 어디로든, 라오스까지라도.

엄마에게 전화를 걸었다.

띠리리리, 신호음이 갔다. 한 번, 두 번, ……, 일곱 번째에 전화를 받았다. 그런데 남자 목소리였다. 게다가 알아들을 수 없는 말.

"던쌈판 씨 핸드폰 아닌가요?"

이렇게 묻고 싶었지만, 내가 아는 라오스 말은 싸바이디(안녕하세요), 컵자이더(감사합니다)뿐이다. 어쩌지? 끊었다 다시 할까? 우물쭈물하는데, "여보세요?" 하는 소리가 들렸다.

"엄마아!"

버럭 소리를 질렀다.

"미안해, 아들, 저가 미안해."

"왜 내 전화 안 받아? 뭔 일 있어? 그리고 왜 남자가 전화 받아? 엄마 핸드폰 왜 남한테 주냐고? 얼른 말해 봐! 할머니 때문이야? 할머니가 어떻게 됐어? 왜, 왜 이제야 전화받냐고?"

"미안해, 저가 미안해."

또 그놈의 저가, 저가 뭘 어쨌다고.

"할머니는 계속 그래. 안 좋아. 그리고 핸드폰 엄마 거 아니냐."

"무슨 소리야?"

"아는 사람 거야. 빌려서 했던 거야, 그동안."

'그럼 아까 그 남자가 아는 사람? 어떻게 아는 사람일까?' 하고 생각하는데, 엄마가 내 마음을 읽기라도 한 듯 설명했다. 농장에서 일한다고, 노니라는 나무에서 열매 따는 일을 하는데, 그 농장 주인의 핸드폰을 빌려 전화한 거라고 했다. 지금도 농장에서 일하는 중이라고, 바쁘다고 했다.

"알았어. 바쁘다니까 그만 끊어. 그리고 엄마 핸드폰 하나 사."

"돈 더 벌면. 나중에 또 전화할게. 저가 미안해."

엄마 옆까지 전속력으로 달려갔다가 되돌아온 것 같았다. 핸드폰을 닫는데 뭔가 찜찜했다. 얼마나 친하길래 국제전화 하는데 핸드폰을 빌려줘? 남자의 말씨가 귓속에 찌꺼기처럼 남은 것만 같았다. 마음 같아서는 진짜로, 진짜로 엄마가 일한다는 농장까지 달려가고 싶었다.

"스승님, 스승님."

달아오르던 내 마음이 꼬맹이 목소리에 쪼개졌다.

"3단까지 끝냈어요. 골 때렸는데 하다 보니까 어떻게 돼 버렸어요, 히히."

"거봐, 인마. 뭐랬어. 새벽 공부가 짱이랬잖아."

"네, 스승님. 근데 스승님, 이제 좀 쉬었다 4단 하면 안 돼요?"

"좋아."

"감사합니다, 스승님. 이제 뭘 하고 놀까? 스승님, 저하고 로봇 싸움 할래요?"

딱!

"아얏. 왜요?"

꼬맹이가 세모눈을 뜨고 머리를 손으로 문질렀다.

"이게 어디 스승님하고 맞짱 뜨려고 그래."

"아, 저는 그게 아니라……. 참, 저기, 스승님의 선생님은 이제 안 와요? 한번 놀러 오라고 하세요. 노는 게 나하고 아주 딱인데. 아아아함."

꼬맹이가 말끝에 하품을 달았다. 오늘 너무 일찍 일어나서 그런 것 같았다. 아아아하암, 꼬맹이 연달아 하품하며 아래층으로 내려갔다.

나도 피곤했다. 손깍지를 끼고 벌러덩 드러누웠다. 들꽃요양원. 잊고 싶었던 단어가 꼬맹이 때문에 되새김질되는 것 같았다. 옆으로 돌아누웠다. 가방 밖으로 운동화 끈이 늘어져 있는 게 눈에 들어왔다. 바람 한 덩어리가 방 안에 풀어졌다. 끈이 흔들흔들했다. 곧이어 후두두둑, 빗줄기가 쏟아졌다. 방 안으로도 들이쳤다. 창문을 닫았다. 빗물이 물결처럼 유리를 덧발랐다. 금 간 유리 틈새로 물기가 배어 나와 방울로 맺혔다. 곤충 알만 한 게 점점 부풀었다.

'애벌레가 될 수 있을까? 허물을 벗고 훨훨 날 수 있을까?'

10
널린 게 들꽃

폐에 가득 찬 아침 공기가 가슴을 더 두근거리게 했다. 대체 얼마 만에 밟아 보는 트랙인가. 나를 유인하듯 하얀 곡선이 매끈했다. 햇살을 손으로 가리고 시선을 라인에 두었다. 눈을 굴려 트랙 한 바퀴를 돌았다. 그러고는 두 라인 안에 나를 넣어 보았다.

탕.

출발 신호와 함께 라인은 항상 나를 강력하게 흡입하곤 했다. 단숨에 120미터까지 빨아들였다. 그 직후부터는 나를 푸른 초장의 말처럼 풀어놓았다. 여덟 개의 곡선 주로에서 튀어나온 수말들이 뒤엉키며, 목표 지점을 향해 서로 견제하며 숨 가쁘게 내달렸다. 그러다가 승부를 거는 시점이 왔을 때 박차고 뛰어나갔다. 이 작전은 대부분 실패했다. 서랍 속 메달 몇 개가 지역 예선에서 거둔, 초라한 성공의 횟수였다.

"밥뚜껑, 감회가 존나 새롭냐?"

뼈다귀가 가볍게 몸을 풀며 히죽 웃었다. 그동안 계속 훈련해 온 몸이라 용수철 같은 탄력이 그의 몸 구석구석에서 묻어났다. 뼈다귀가 반대편 트랙을 째려보았다. 코탱이 단거리 애들 네 명을 데리고 훈련 중이었다. 단거리 전문 코치인 코탱은 뼈다귀에게 그림의 떡이었다.

뼈다귀랑 트랙을 천천히 돌았다. 발바닥이 근질거렸다. 근질거림이 종아리를 타고 허벅지로 올라왔다. 몸에서 열이 느껴졌다. 뼈다귀가 사인을 보냈다. 속도를 조금씩 올렸다. 최대 속도의 60퍼센트 정도가 됐을 때 뼈다귀가 속도를 유지하라고 했다. 4코너를 돌아 나오는데 호흡이 흔들리기 시작했다. 그 속도로 한 바퀴 반을 돌자, 숨이 턱 밑까지 차올랐다. 땀도 삐질삐질 흘러내렸다.

"헐, 이거 완전 고철 됐네."

뼈다귀가 나를 째려봤다. 반 바퀴를 걸어 원래 연습했던 자리로 돌아왔다. 뼈다귀가 내게 고깔을 주었다. 트랙 1번 레인을 돌며 50미터 간격으로 고깔을 놓았다. 고깔 여덟 개를 놓으며 한 바퀴를 돌고 오자 뼈다귀가 호루라기를 물며 눈짓했다.

"선배가 해야지, 내가 왜요?"

"새꺄, 고철하고 파트너 할까? 기름칠해서 써먹어야지."

고깔 옆에서 스탠딩 스타트 자세를 취했다. 휘리릭. 전속력으로 한 구간을 달렸다. 그러고 나서 한 구간은 빠르게 걸었다. 그런 다음에 또 한 구간을 전속력으로 달렸다. 그렇게 몇 구간을 하고 나니 그만 다리가 풀려 버렸다. 그대로 트랙에 털썩 주저앉았다. 뼈다귀가 불쌍하다는 얼굴로 생수병을 내밀었다.

"삼고초려했다. 나 물 먹이면 알지? 몸 빨리 만들어라, 어?"

물을 목구멍에 털어 넣고 난 뒤 뼈다귀가 스톱워치를 내밀었다. 7.5초로 맞춰져 있었다.

"페이스 잘 유지되나 체크해."

뼈다귀가 출발선에 서 있다가 내가 호루라기를 불자 튀어나갔다. 7.5초가 지날 때마다 휘슬을 불었다. 뼈다귀가 속도를 조절하며 50미터마다 놓여 있는 고깔을 정해진 시간에 통과했다. 한 바퀴를 지나 2코너에 접어들 때 다소 페이스가 떨어지는 듯했으나 이내 속도를 높여 제 페이스를 되찾았다. 트랙 두 바퀴를 뛴 뼈다귀는 치타에게 쫓긴 영양처럼 헐떡거렸다. 그래도 표정에는 여유가 있었다. 그런 뼈다귀가 부러웠다.

"내년까지 안 끌어. 올가을에 어떻게든 끝장 볼 거다, 씨발. 대학 문턱을 넘으려면 어차피 죽기 아니면 씨발, 까무러치기지."

연습을 마치고 뼈다귀는 침까지 튀겨 가며 장래 포부를 떠벌렸다. 고등부 일인자, 대학원 진학, 육상 연맹 고위 간부, 대학교수가 그의 입에서 피어났다. 후훗. 나도 한때 꾸었던 꿈들. 뼈다귀의 장밋빛 꿈을 한쪽 귀로 들으면서 나는 보다 현실적인 내 문제를 생각했다. 내 금싸라기 땅은 그대로 잘 있겠지? 엄마와 농장 주인의 관계는 정확히 뭘까? 꼬맹이 데리고 끝까지 우려먹어야 할 텐데.

"오후에는 단코탱이 봐줄 거야. 점심이나 먹고 가라. 감자탕이라는데."

내가 있어도 별 도움이 안 된다는 소리로 들렸다. 그래도 염치 불고하고 점심을 해결할까 했는데, 단코탱을 보고는 마음을 접었다. 먼 거리였지만 한낮 땡볕에도 나를 보는 시선이 차갑게 느껴졌다. 볼일이 있다고 하고는 트랙을 벗어났다. 내일 꼭 와야 한다는 뼈다귀의 목소리가 등에 달라붙었다. 파트너 대신 스톱워치로 써먹을 모양이었다.

종합운동장 근처 지하철역으로 갔다. 역 옆에 '들꽃수제비'라는 간판이 눈에 들어왔다. 순간 '들꽃요양원'이 저절로 연상되었다. 이곳이 시내 중심에서 벗어나 있으니까, 여기서 그렇게 멀지 않겠지. 변두리에 있잖아. 그런데 지금 내가 왜 그걸 따지고 있지? 후훗, 어이없어 쓴웃음만 나왔다. 호수공원으로 눈을 돌렸다. 물안개인지 수증기인지 수면 위에 뿌옇게 깔려 있었다.

지하철을 한 번 갈아타고 내 알바 터가 있는 역에 도착했다. 서둘러 개표구를 통과, 금싸라기 자리로 향했다. 뼈다귀의 파트너를 며칠 해 주고 나서 다시 본격적으로 알바에 나설 생각이다. 더 이상 금싸라기 자리를 방치해 둘 수 없다. 눈도장만이라도 찍어 둘 요량으로 7번 출입구 계단을 올라갔다. 헉! 또 내 금싸라기 땅이 무단 점거 당하고 있었다. 그때 그 아줌마가 아니라 아저씨인 게 그나마 다행이었다. 누군가 아주 똬리를 틀고 눌러앉는 건 절대 용납할 수 없으니까.

'아저씨, 빨리 땡 치고 꺼져요.'

쾅! 아저씨에게 눈 대포를 날리고는 출입구 밖으로 올라왔다. 골목을 올라가는데 다리가 팍팍했다. 갈증도 났다. 첫날부터 너무 무리하게 뼈다귀의 비위를 맞춰 주는 게 아니었는데.

옥탑방에 도착하자마자 가방을 내던지고 냉장고에서 얼음을 꺼내 와드득와드득 씹었다. 가만, 꼬맹이는? 아래층으로 내려갔다. 꼬맹이가 종이에 뭔가를 끼적이고 있었다.

"스승님, 저 5단까지 다 외웠어요. 아주 돌아가시는 줄 알았어요. 그리고 이거요."

"뭔데?"

"글짓기 방학 숙젠데, 한번 봐 주세요."

꼬맹이가 삐뚤빼뚤 끼적인 종이를 내밀었다.

이러케는 모싸랐
　　　　　2-3 구은갑
모싸라
모싸라
이러케는 모싸랐
모싸라
모싸라
이러케는 정말 모싸랐

"어쭈, 시를 아네. 우, 운…… 리듬도 타고, 랏 하고 힘 빡 줄 줄도 알고. 근데 이유가 없잖아. 못 살겠다는 이유가, 인마."

"그거 꼭 써야 해요?"

묻긴 했지만 굳이 듣고 싶지 않았다. 나도 이렇게는 진짜 못 살겠으니까.

"스승님, 다른 건 뭐 잘못된 거 없어요?"

손을 들었다. 꼬맹이가 내 손을 피하려고 고개를 옆으로 젖혔다.

"잘 썼어, 인마, 아주. 방학 숙제도 척척 알아서 하고."

꼬맹이 머리를 쓰다듬었다. 꼬맹이가 나를 놀리듯 헤죽헤죽 웃었다.

다음 날도, 그다음 날도, 종합운동장에 갔다. 이틀 동안 뼈 다귀의 스톱워치만 했다. 그러다 오기가 생겼다. 몸이 따라 주지 않았지만 이를 악물고 뼈다귀의 훈련 파트너를 했다. 뼈다귀가 두 바퀴를 뛸 때, 첫 번째 반 바퀴를 리드해 주었 다. 또 뼈다귀 혼자 한 바퀴 반을 돌고 나면, 페이스가 떨어 지지 않도록 나머지 반 바퀴도 앞서 뛰어 주었다.

오늘도 아침부터 뼈다귀의 파트너 노릇을 했다. 헉헉대면 서도 나도 모르게 점점 트랙에 빠져들었다. 트랙을 보면 내 안에서 달려, 달려, 달려 하는 소리가 북처럼 울려 댔다.

"밥뚜껑, 한 번 더. 내가 돌아오면 리드해."

뼈다귀가 출발선에 서는 걸 보고 호루라기를 불었다. 튀어 나간 뼈다귀가 기록을 염두에 뒀는지 전에 없이 최고 속도 를 유지했다. 반대편으로 멀어졌던 뼈다귀가 코너를 돌아 빠 르게 달려 나왔다. 문득 꽃이 눈에 띄었다. 한 송이. 트랙과 필드 사이에 피어 있었다. 꽃이 뿌리 내린 자리는 땅이 아니었다. 트랙처럼 폴리우레탄이었다. 이상하고 신기해서 한 번 더 눈길을 주었다. 휙, 바람이 불었다. 뼈다귀가 나를 지나쳐 갔다. 아뿔싸. 리드해 줘야 하는데. 죽어라 달렸다. 곧 뼈다 귀 옆에 따라붙었다. 2코너를 돌아 직선 주로로 접어들 때, 불현듯 '들꽃요양원'이 생각났다. 단어를 털어 내려고 하자 속도가 붙었다. 3코너를 지나고 어느새 골인 지점이 보였다. 그래도 단어가 머리에 껌처럼 들러붙어 있었다. 골인 지점을 지나쳤다. 가슴이 터질 것만 같았다. 다리의 혈관이 뜨겁게 달아올랐다. 폐에서 산소가 모두 사라져 버리는 것만 같았다.

아악.

하늘과 트랙이 뒤섞여 빙빙 돌았다. 왼쪽 발목에 통증이 번졌다.

"괜찮아?"

뜻밖에도 코탱이었다. 코탱 옆에서 뼈다귀가 걱정스러운 얼굴을 하고 있었다. 내가 일어서려고 하자 코탱이 나를 제 자리에 도로 앉혔다. 내 발에서 운동화와 양말을 벗겼다. 뼈 다귀에게 구급상자를 가져오게 해서, 내 발목에 진통제를 뿌 리고, 파스를 붙이고, 압박 붕대를 감았다.

"당분간 연습 못 하겠다. 쉴 때 충분히 쉬어라."

전에 없는 친절이었다. 단코탱이 저만치 가자 뼈다귀가 말했다.

"새꺄, 귀신이 따라오데? 쫄쫄 굶은 아프리카 사자한테 쫓겼냐? 암튼 페이스메이커 좀 하랬더니 며칠도 하기 싫어서, 새끼, 엄청 대가리 쓰네. 빨리 집에 가 쉬어, 새꺄."

트랙 밖으로 가는데 발목이 뻐근했다. 별로 심각하지는 않았다. 슬쩍 돌아보니 뼈다귀가 이쪽을 지켜보고 있었다. 혹시나 뼈다귀가 미련을 둘까 봐 보란 듯이 일부러 크게 절룩절룩했다. 뛰기만 못 한다 뿐이지 걷는 데는 문제없을 것 같았다.

가로수 그늘에 잠시 멈추었다. 가방에서 물을 꺼내 마셨다. 도로 건너편 간판이 눈에 들어왔다. 들꽃한의원. '들꽃' 글씨가 '한의원' 글씨보다 컸다. 들꽃. 그끄저께 지하철을 타러 가면서 보았던 수제빗집 간판이 떠올랐다. 덩달아 필드와 트랙 사이에 핀 꽃도 생각났다.

수제빗집 앞을 지나가기 싫었다. 걸음을 지하철역 반대편으로 되돌렸다.

정류장 표지판을 보며 버스 노선을 살폈다. 노선마다 지하철역 하나가 자꾸 눈에 거슬렸다. 에이, 그냥 지하철 타고 갈걸. 집으로 가는 노선을 확인하고 버스에 올랐다. 더웠다. 에어컨 고장이었다. 어쩐지 사람들이 별로 없더라니, 표정들이 찌그러져 있더라니. 빈자리를 찾아 털썩 앉았다. 노곤했다.

살짝 졸리다 싶었는데 진짜 졸았나 보다. 정신을 차리고 창 밖을 보니 왠지 이상했다.

아, 거꾸로 탔네. 에이, 돌대가리.

버스에서 헐레벌떡 내렸다. 주변을 둘러보니 건물들이 낮고 변두리 냄새가 났다. 맞은편으로 가서 버스를 타려고 가까운 횡단보도를 찾았다. 그런데 그럴 필요가 없었다. 지하철역이 가깝게 있었다. 지하도로 내려가 일단 지하철을 탔다. 집까지 어떻게 가야 하나? 노선을 살피다가 움찔했다. 다음다음 역. 그 역 이름을 확인하는 순간 몸에 전류가 흘렀다. 어느새 한 정거장을 달려온 지하철이 정차했다가 출발했다. 전류가 다시 내 몸에 흘러들었다. 다음 역을 알리는 안내 방송이 나왔다. 내 몸을 관통하던 전류가 끊겼다 이어졌다 했다. 속도를 늦추던 지하철이 멎고 문이 열렸다. 사람들이 내리고 탔다. 그리고 곧 문이 닫히기 시작할 때, 나는 밖으로 몸을 날렸다. 아니, 어떤 힘이 밖에서 나를 확 끌어당겼다.

11

창고 안에서

지하도 출입구 옆에 요양원 표지판이 있었다. 세운 지 오래인 듯 글씨가 선명하지 않았다. 대로변을 따라 직진 50미터, 그리고 직각으로 꺾어 골목으로 200미터쯤 들어갔다. 막다른 골목에 군데군데 녹이 난 초록 철제 대문이 있었다. 대문 위에 '들꽃요양원'이란 간판이 구름다리처럼 놓여 있었다. 간판 너머로 꽤 큰 나무들이 보였다.

대문이 잠겨 있었다. 안에서 매미 소리가 넘어왔다. 발목의 붕대를 풀어 가방에 넣었다. 파스는 그냥 두었다. 오른쪽 기둥의 초인종을 누를까 말까 망설이는데 딸깍, 대문이 열렸다. 머리가 뽀글뽀글한 젊은 여자가 재활용품이 든 박스를 안고 나왔다.

"어? 마침 잘 왔네."

여자가 나를 보고 다짜고짜 반색했다. 가슴에 단 명찰 이름 앞에 '행정실'이라는 말이 있었다.

"요즘에는 우리한테 잘 안 오던데, 기특하네. 들어와."

뽀글이 여직원이 대문 안으로 들어가며 손짓했다. 나는 영문을 몰라 제자리에 서 있었다.

"봉사 활동 하러 온 거 아냐?"

"아, 네, 맞아요. 봉사 활동 하러 왔어요."

나는 여직원의 말꼬리를 붙들고 안으로 따라 들어갔다. 정면에 2층 건물. 마당 한쪽 느티나무 밑 평상에는 장기 두는 노인들이, 그 옆 긴 의자에는 두런두런 얘기 나누는 노인들이 있었다. 그 속에 낯익은 얼굴은 없었다.

건물 안으로 들어갔다. 1층 현관을 지나 왼쪽 복도를 걸었다. 세탁실, 화장실, 식당을 알리는 팻말이 줄지어 있었다. 뽀글이 여직원이 나를 주방 쪽으로 데려갔다. 설거지를 시키려나. 아니었다. 주방을 지나쳐 밖으로 나갔다. 여직원이 멈춘 곳은 허름한 창고 앞이었다.

"정리 좀 해 줘. 여기 올 때 어르신들이 가져온 물건들인데…… . 끝나면 사무실로 와. 그럼 잘 부탁해."

문턱 너머로 크고 작은 상자들과 바구니들, 상자나 바구니에 담을 수 없는 물건들이 잡동사니처럼 쌓여 있었다. 잠시

어리벙벙했다. 그냥 선생이 궁금해서, 아니 그저 어쩌다 잠깐 들르게 됐을 뿐인데, 이런 곳에 틀어박히게 되다니. 일단 정리하면서 짬을 내 알아보는 수밖에. 메고 있던 가방을 벗어 놓고, 물건들을 하나둘 치웠다. 상자와 바구니에 이름이 적혀 있어도 창고가 좁아서 구분해 놓기가 어려웠다.

3분의 1쯤 치우고 창고 밖으로 나왔다. 건물 안으로 들어가 복도를 쭉 걸었다. 주방 앞을 재빨리 지나쳤다. 아까 처음 들어왔던 현관 오른편으로 사무실, 보건실, 물리 치료실, 휴게실을 알리는 팻말이 있었다. 2층은 숙소였다. 2층으로 올라갔다. 올라가자마자 마주한 게 휴게실이었다. 그 휴게실을 중심으로 왼편으로는 여자 숙소, 오른편으로는 남자 숙소임을 알리는 표시가 벽에 붙어 있었다. 방마다 네 명씩 이름이 적혀 있었는데, 다들 어디 갔는지 텅 비어 있었다. 4호실 앞에서 걸음을 딱 멈추었다. 송만관.

1층으로 내려와 현관 밖을 내다보았다. 마당에도 노인들 모습이 보이지 않았다. 다들 어디에 있지? 강당? 복도 끝으로 갔다. 창문 안을 들여다보았다. 큰 공간에 노인들이 있었다. 테이블마다 대여섯 명의 노인들이 모여 앉아 종이접기를 하고 있었다. 지도 교사가 테이블 사이를 돌아다니며 종이 접는 것을 도와주고 있었다. 피아노, 칠판, 매트리스가 있는 걸로 보아 다양하게 활용하는 공간인 듯했다.

그런데 선생은?

있다, 있다! 중간 테이블에 앉아 색종이를 접고 있었다. 아니, 접는 게 아니라 구깃거리고 있었다. 색종이를 아무렇게나 구깃거리며 이따금 헤헤거렸다. 우리 집에 왔을 때보다 얼굴이 좋아 보였다. 차림새도 깨끗하고 단정했다.

"누구?"

목소리가 나서 돌아보니, 사무실 앞에 웬 아저씨가 있었다. 이마 위가 훌렁 벗어져 반들반들했다.

"봉사 활동…….."

"으응, 아까 우리 직원한테서 들었어."

아저씨 가슴에 직함 명찰이 달려 있었다. 사무장이었다.

"근데 신청 안 했던 거 같은데."

"네."

"걱정 마. 나중에 알아서 명단에 올려 줄 테니까."

나는 꾸벅 인사하고는 볼일 보러 왔던 것처럼 급히 화장실로 갔다. 바지 내리는 시늉을 했다. 선생을 봤으니, 두 눈으로 확인했으니 이제 됐다. 화장실에서 나왔다. 그냥 가 버릴까, 생각하다가 창고로 향했다. 이왕 이렇게 된 거, 마저 시간 때우고 봉사 활동 점수 채워 놓는 것도 나쁘지 않았다.

상자를 어디에다 놓을까 두리번거리다 구석에 내려놓는데, 옆 상자에 적힌 이름이 내 눈을 붙들었다. 선생 물품 보관 상자였다. 그 밑 상자도 선생 거였다. 열어 봤다. 눈에 익은 게 들어 있었다. 선생이 우리 집에 왔을 때 가지고 있던, 가정환경조사서 복사본. 떠들어 봤다. 저번 것과 똑같지는 않았다. 연도도, 학교도 달랐다. 그렇지만 저번 것과 마찬가지로 별의별 게 기록되어 있었다.

'선생 눈에 나는 어떻게 비쳤을까?'

나에 관한 선생의 기록을 보고 싶었다. 두 번째 상자를 열고 몇 권을 들춰내자 원하던 게 있었다. 겉장에 쓰인 학교 이름, 연도, 학년과 반을 재차 확인했다. 속장을 하나 넘겼다. 양식이 앞서 봤던 서류와 달랐다. '학생지도자료'라고 돼 있고, 그 아래 괄호 안에 조금 작게 '가정환경조사서'라고 쓰여 있었다.

한 장 한 장 넘길 때마다 이름과 사진 들이 기억 속에서 희미하게 살아났다. 일곱 번째 장쯤에서 내 눈이 꽂혔다. 오른쪽 상단에 붙인 빛바랜 상반신 사진, 나 같지 않은 나, 어린 박두공.

기록란을 봤다. 꾹꾹 눌러쓴 듯했다. 누가 썼을까? 한글을 모르는 엄마가 썼을 리 없고, 그럼 아빠? 그래, 맞다. 그 날이 생각났다.

3학년이 되어 학교에서 준 종이를 내밀었을 때 아빠는 얼굴을 찡그렸다. 그랬다가 곧 밝아져서는 펜을 들었다. 그 이유를 나중에 알았는데, 부모의 학력과 나이 같은 걸 적는 칸이 없어서였다. 아빠는 중졸이었다. 대학 중퇴인 엄마보다 열일곱 살 많았다. 엄마는 라오스에서 교육 대학을 다니다가 그만두고 아빠와 결혼한 거였다. 가난하지 않았더라면 엄마는 교사가 되었을 거다.

아빠는 '아이가 좋아하는 것'에 '복숭아', '아이가 잘하는 것'에 '달리기', '교사에게 바라는 것'에는 '예의 바른 아이로 갈켜 주시믄 감사하겠습니다'라고 써 놓았다.

양식 테두리 밖에 선생이 쓴 것을 보았다. 작은 글씨로 촘촘히 적은 내용을 훑어 내려갔다.

머리를 짧게 자르는 편이다, 말수가 적다, 소극적이고 관찰자적인 태도를 보인다, 달리기를 잘한다, 피부색과 생김새가 좀 남달라서인지 외부의 시선에 민감하다, 생선 반찬을 좋아한다, 장래 희망 우주비행사 등등의 내용을 살펴 내려가다가 멈칫했다.

'수정이를 좋아하는 것 같다. (장미꽃 머리핀).'

수정이? 붙였던 물음표를 괄호 안을 보고 뗐다. 눈이 좀 컸던 아이. 생일 파티 때 그 애가 들고 있던 바구니에 넣은 장미꽃 머리핀. 선생은 그 머리핀이 엄마 거였다는 것까지는 몰랐던 것 같다. 적지 않은 걸 보면.

수정이……. 그 애는 어떻게 지내고 있을까?

선생이 나에 대해 기록한 것들을 계속 읽어 나갔다.

내가 전학 간 학교 이름, 반, 번호, 담임이 누구인지도 적혀 있었다. 그뿐만이 아니었다. 내가 4학년 2학기 때 육상부에 들어간 것도, 심지어는 아빠가 돌아가신 것도 알고 있었다. '두공 부 사망'이라는 글 옆에 발인 날짜와 장례식장 이름이 적혀 있었다.

기억하건대, 큰 빚을 안고 도망치듯 이사한 후, 아빠는 철인이 되었다. 재기하기 위해 물불 가리지 않고 밤낮으로 일했다. 그러다 쓰러졌다. 고아나 마찬가지로 자란 아빠라서 영안실은 한산했다. 나는 상주였다. 기억나지 않는 걸로 보아 조문객 중에 선생은 없었던 것 같다. 혹 밤늦게, 내가 잠든 새에 다녀갔을까? 그랬다면 엄마가 말해 줬을 텐데. 경황이 없었던 걸까?

머리에 물음표를 매단 채 다시 학생지도자료를 들여다보았다.

나에 대한 선생의 기록은 5학년까지 이어졌다. 육상 지역 예선 대회에서 6위를 했다는 것, 대회 이후 몸살을 앓았다는 것을 기록해 놓았다. 그리고 그 아래에 '운동화'라고 적어 놓았다. 순간 칼날처럼 머리를 스치는 게 있었다.

그럼 그 운동화를 선생이? 이럴 수가!

5학년 늦가을 어느 날, 내 사물함에 소포가 있었다. 뜯어서 보니 육상 선수용 운동화였다. '달려라, 박두공! 날아라, 밥뚜껑!'이라고 적은 카드도 있었다. 별명을 싫어했지만, '날아라'라는 말 옆에 붙은 밥뚜껑은 좋았다. 누구지? 이 값비싼 운동화를? 도무지 알 수 없었다. '날아라, 밥뚜껑!'표 운동화는 내 발에 꼭 맞았다. 다음 해 봄, 지역 예선에서 뜻밖의 개인 기록을 세우며 동메달을 땄다. 처음으로 딴 메달이었다. 기뻐서 며칠 동안 펄쩍펄쩍 뛰었다. 그랬는데, 그 '날아라, 밥뚜껑!'표 운동화를 준 게 선생이었다니.

학생지도자료를 덮었다.

전학 간 3학년 이후로 선생과 엮인 일이 전혀 없었다. 그런데 선생은 어떻게 나에 대해 이렇게 상세히 알 수 있었을까?

갑자기 와 하는 소리와 함께 소란이 일었다. 창고에서 나왔다. 좁은 뒷마당을 따라 소리 나는 데로 갔다. 강당이었다. 들여다보았다. 노인들이 거리를 두고 서로 마주 보고 서서 종이비행기를 날리고 있었다. 날리면서 아이들처럼 환호성을 질렀다. 그 틈에 선생이 있었다. 그런데 어쩐 일인지 선생은 겁먹은 듯했다. 날아다니는 비행기들을 보며 뒷걸음질 쳤다. 그러다 벽에 부딪치며 비명을 질렀다. 선생이 머리를 두 손으로 감쌌다.

"달려! 위험해! 더 빨리 뛰어!"

선생이 소리를 질러 댔다. 사무장이 흰 단복 차림의 여자를 앞세우고 황급히 들어왔다. 사람들에 둘러싸여 선생의 모습이 잘 보이지 않았다. 발악하는 듯한 선생의 괴성이 강당 안을 울렸다. 얼핏 틈새로 간호사 손이 보였다. 주삿바늘이 들려 있었다. 간호사 손이 다시 가려졌다. 얼마 안 있어 선생 목소리가 수그러들었다. 사람들이 물러났다. 선생을 업은 사무장이 강당에서 나갔다. 간호사가 뒤따랐다.

노인들이 가슴을 쓸어내리며 수군거렸다.

"가족한테 알려야 할 텐데."

"여기 온 지 얼마 안 돼서 잘 모르시나 보네."

"피붙이 하나 없대요."

"평생 독신이었다고 하던데."

뭐야? 선생한테 가족이 없다고? 그럴 리가? 내 귀가 잘못됐나? 환청이 들리나?

의심스러울 지경이었다.

12

일기 도둑

　정말로 선생에게 가족이 없을까? 그렇다면 내 기억 속 그 사람은 대체 누굴까? 7년 전 여름, 내가 선생 집에서 복숭아를 따 가지고 나올 때 절룩이며 대문 안으로 들어갔던, 선생에게 등목해 달라던 청년. 그 청년은 선생을 분명 아버지라고 불렀다. 내 기억이 잘못된 걸까?

　노인들로부터 엿들은 또 다른 정보들은 믿을 만한 건가?

　선생은 요양원에 온 지 거의 5년 됐고, 올 때 건망증인지 치매 초기인지 모를 증상이 있었고, 시간이 지나면서 그 증상이 점차 심해지다가 2년 전부터는 몹시 악화되었다. 정신이 수시로 들락날락해서 횡설수설했는데, 올봄엔 다행히 좀 나아져서 사람을 알아보았다. 선생은 만나 볼 사람들이 있다며 외출하려고 했으나 요양원에서는 만류했다. 동행해 줄 테니 며칠만 기다려 달라고 했다. 하지만 선생은 기다리지 않고 요양원을 몰래 나갔다. 금방 다녀올 테니 걱정 말라는 쪽지를 남기고. 요양원에서는 일주일쯤 기다리다 실종 신고를 했고, 넉 달 만에 돌아온 선생은 완전히 망가져 있었다. 똥오줌도 못 가리는 사람으로.

"스승니임!"

꽥 지르는 소리에 움찔했다.

"이 자식이! 스승님한테 누가 소리 지르랬어?"

"몇 번이나 불렀는데 몰랐잖아요. 스승님 옷깃도 만지지 말라 했잖아요."

"알았어. 왜?"

"7단 하는데 집중 안 돼요, 저거 때문에."

꼬맹이가 손으로 가리켰다. 국어와 수학 단원을 각각 적어 놓은 화이트보드.

"국어 1단원, '장면을 떠올리며'가 신경 쓰여요."

"왜, 인마?"

"스승님의 선생님이 자꾸 떠올라요. 진짜 여기 한번 안 온대요? 밀린 일기도 써야 하고, 나도 할 일 많거든요. 그래도 제가 시간 내서 놀아 줄 수 있어요. 그러면 나도 일기 쓸 게 생겨서 좋고요."

꼬맹이 말이 끝나는 순간 번뜩 떠오르는 게 있었다. 일기. 선생 일기. 창고 정리 하면서 일기장 같은 걸 본 것 같다. 가정환경조사서랑 같이 있었다. 몇 권 됐던 것 같은데. 일기를 보면 선생에 대해 좀 더 알 수 있을 거다.

위층으로 냅다 올라가 가방을 둘러메고 내려왔다. 꼬맹이가 타이거와 드래건 로봇을 가지고 제집 현관에서 나왔다.

"스, 아니 형님……, 어디 가시게요?"

꼬맹이가 내 차림새를 훑어보고는 말을 바꾸었다.

"짱돌 굴리지 말고, 노래나 열심히 해, 인마."

계단을 내려왔다. 탁탁, 로봇끼리 박치기시키는 소리가 들렸다.

날로 더위가 기승을 부렸다. 지하철 표를 끊으면서 알바 자리를 잠깐 봤다. 너무 자주 비워 놓으면 옥수수 아줌마, 장난감 아저씨 말고도 다른 잡상인들이 낄지 모른다. 꼬맹이 과외가 고정적이고 안정적인 수입 루트지만 너무 맹신해서도 안 된다. 염소 아저씨한테 언제 잘릴지 모른다. 다양한 수입 루트를 확보하고 있어야 한다. 개표구로 가는데 벽에 '잡상인 판매 금지' 팻말이 큼지막하게 붙어 있었다. 단속하겠다는 애긴데, 어쨌거나 잘됐다. 내 금싸라기 터 걱정은 안 해도 될 것 같았다. 그렇잖아도 당분간 알바할 상황이 아니었는데.

옆구리 문을 연 지하철 안으로 뛰어들었다. 승강장보다 더 웠다. 가는 내내, 정차했다가 출발할 때마다 죄송하다는 사과 방송이 흘러나왔다.

지하철에서 내려 요양원으로 갔다.

"어, 또 무슨 일로?"

"학생증 잃어버렸는데, 창고에 흘린 것 같아요."

"저런, 그럼 잘 찾아봐."

할 일이 있는지 뽀글이 여직원이 사무실로 종종 들어갔다.

선생은 어디 있을까? 그날 그 난리를 피웠는데, 괜찮은 걸까? 노인들 몇몇이 복도를 오갔다. 휴게실 안에도 몇몇이 있었다. 차를 마시며 얘기를 나누고 있었다. 지금 뭘 하고 있을까, 선생은?

칼질 소리가 나는 주방을 지나 창고로 왔다. 그날 다 정리하지 못한 모습 그대로였다. 너저분했다. 안쪽으로 들어가 선생 이름이 적힌 박스를 열어 가정환경조사서를 들어냈다. 일기장. 모두 다섯 권이었다. 가방에다 일기를 재빨리 넣고 가정환경조사서는 상자 안에 도로 넣었다. 일어서려다가 멈칫했다. 일기를 꺼낸 상자 밑의 상자를 열었다. 학생지도자료 아래 괄호 안에 가정환경조사서가 쓰인 표지. 연도, 학교 이름, 학년, 반을 확인하고 그것을 가방에 넣었다.

창고에서 나와 본관 건물 현관으로 왔다. 간다고 말해야 하나? 사무실 쪽으로 가는데, 콩콩콩콩 뛰는 소리가 났다. 헤헤거리는 소리도 섞여 있는 듯했다. 위층으로 올라갔다.

다섯 살쯤 된 남자애가 복도를 뛰어다니고 있었다. 휘휘 내젓는 아이 손끝에서 비눗방울들이 호로롱 호로로롱 날아올랐다. 그 뒤를 선생이 헤헤거리며 쫓고 있었다. 비눗방울들을 손으로 잡으려고도 했다. 비눗방울을 날리며 뛰던 아이가 꽈당 넘어지더니 아앙, 울음을 터뜨렸다. 방 안에서 젊은 여자와 할머니가 잰걸음으로 나왔다.

"아이고, 우리 아가, 우리 아가."

할머니가 아이 엉덩이를 토닥거리고는 선생을 향해 쏘아붙였다.

"송 씨, 왜 우리 애 눈물을 쏙 빼. 제정신 아니면 나 죽었네 가만히 자빠져 있을 것이지, 우리 손주 다쳤으면 어쩔 뻔했어, 어? 봤지? 할미가 단단히 혼내 줬어. 우리 손주, 이제 괜찮지, 응?"

할머니가 큰소리칠 때도, 아이를 달랠 때도, 선생은 그저 헤헤거리기만 했다. 아이 엄마와 할머니가 아이를 데리고 방으로 들어갔다. 옆방에서 흰 단복 차림의 여자 간호사가 나왔다. 손에 든 사탕을 선생에게 보여 주고 돌아섰다. 선생이 사탕을 보며 남자 숙소 쪽으로 졸졸졸 따라갔다.

1층 현관으로 내려왔다. 사무실에서 사무장이 나왔다.

"학생증 찾으러 왔다고? 그래, 찾았어?"

주머니에서 학생증을 꺼내 보여 주었다. 사무장이 다행이라는 표정을 지었다.

"근데 봉사 활동 시간이 좀 모자랐던 거 알지?"

어? 이게 뭔 귀신 씻나락 까먹는 소리?

"그렇게 놀랄 것까진 없고, 시간 나면 언제든지 와, 환영이니까."

사무장이 씩 웃었다. 나는 예, 하고 대답했다. 사무장이 기특하다는 듯 내 어깨를 손으로 툭툭 쳤다. 그런 사무장에게 꾸벅 인사하고 밖으로 나왔다. 어쨌든 한 번쯤 다시 와야 할 거다. 일기와 학생지도자료를 아주 가질 건 아니니까, 도로 갖다 놔야 할 테니까.

일기를 빨리 보고 싶었다. 선생에 대한 불확실한 정보와 기억. 일기라면 선생을 보다 선명하게 드러내 줄 거다. 마침 승객 하나가 자리에서 일어났다. 빈자리에 얼른 앉아 가방을 열었다. 날짜가 가장 앞선 일기부터 펼쳤다. 잉크로 쓴 것 같았다. 세월의 흔적을 보여 주듯 글씨가 몇 군데 얼룩지고 번져 있었다. 가정환경조사서에서는 글씨가 작아서 몰랐는데, 일기에서의 선생 필체는 활자처럼 반듯했다. 근래 내가 본 선생의 모습과는 달라도 너무 달랐다.

책과 담쌓고 지내는데도 금세 몇 장을 읽어 냈다. 학교에서 있었던 그날그날의 일들이 학생들을 중심으로 기록되어 있었다. 결핵을 앓는 아이, 겨울인데도 양말이 없어 맨발로 오는 아이, 도시락이 없어 점심을 굶는 아이, 서캐와 이 때문에 머리를 빡빡 민 아이, 월사금을 못 내는 아이, 상이용사를 아버지로 둔 아이 등등. 도대체 어느 시대 이야기? 새삼 날짜를 확인해 봤다. 헉! 지금으로부터 50여 년 전! 그때 선생은 20대 초반? 그렇다면 지금의 나보다 불과 몇 살 위인데.

청년인 선생은 사정이 어려운 아이들 때문에 고민하고 있었다. 계속 일기를 읽어 나갔다. 특별히 달라지는 내용은 없었다. 어쩌다 학교를 졸업한 제자가 찾아와 기쁘다는 글과 그런 제자의 근황이 적혀 있었다. 선생은 학교, 맡은 반 학생들, 졸업시킨 사람들만을 일기의 범위 안에 넣고 있었다. 가족이나 성장 과정 등 선생 개인사에 관련된 기록은 눈 씻고 찾아봐도 없었다. 괜히 가져왔나? 덮을까 했지만 이왕 펼쳐 든 거 놓고 싶지 않았다. 절반 가까이 읽었지만 여전히 내가 원하는 내용은 없었다. 조금 더 읽고 나자 어느새 내릴 때였다.

지하철에서 내려 아이스크림을 샀다. 골목을 올라가며 핥아 댔다. 집 앞 전봇대 앞에 '해피 씽씽' 트럭이 세워져 있었다. 근처에서 두런대는 소리가 났다.

"나 혼자만 생각하면 짝 맞추고 뭐 그럴 맘 하나도 없어요.

은갑이…….”

“알지. 은갑이 보면 나도 맴 짠할 때가 있으니께. 헌디 저
번에 맞선 본 것도 틀어졌담서?”

“예, 잘 안되네요.”

대문 안으로 들어갔다. 지하로 내려가는 계단 중간에서 염
소 아저씨와 할머니가 얘기를 나누고 있었다.

“저기, 그라지 말고, 가차운 데서 찾아봐.”

“어디 아는 사람 있어요?”

“아, 옥탑 있잖여? 아들 언제까지 혼자 놔두겄어. 곧 오겄
지.”

“아이고, 그런 말씀 마세요. 한 번도 그런 생각 한 적 없어
요. 말도 안 돼요.”

내가 하고 싶은 말을 염소라는 인간이 했다. 기막혔다. 엄
마하고 염소 인간하고? 절대 안 된다. 만에 하나 엄마가 재
혼한다 해도 염소 인간이랑은 한마디로 노우다, 노우 땡큐
다! 베트남, 필리핀 여자 몇 트럭 어쩌고저쩌고했던, 인간 같
지 않은 인간인데.

“어, 두공아?”

염소 인간이 어색하게 웃었다. 모른 체할 수가 없었다.

“웬일이세요? 한참 있다 온다고 했는데?”

“어어, 장사가 잘돼서, 물건 가지러 잠깐 왔어. 이따 할머

니랑 은갑이랑 냉면 먹고 바로 갈 거야. 너 냉면 좋아하지?"

"생각 없어요."

짧게 대꾸하고 곧장 옥탑방으로 올라왔다.

가방에서 일기와 학생지도자료를 다 꺼내 책상에 올려놓았다. 지하철에서 읽다 만 일기 한 권을 마저 다 보았다. 앞선 내용과 별반 다를 게 없었다. 선생의 관심과 기록은 오로지 가르쳤던, 가르치는 아이들에게만 집중돼 있었다. 일기가 아니라 차라리 '제자 관찰 기록부'란 말이 더 맞았다. 〈세상에 이런 일이〉 같은 프로그램에서나 소개될 법한 거였다.

이제 남은 일기는 네 권.

두 번째 일기장에 손을 얹었다. 그랬다가 학생지도자료로 옮겼다.

수정. 그 애가 궁금해서 가져온 거였다. 앞에서부터 한 장한 장 넘겼다. 나를 지나 몇 장 더 넘겼을 때, 낯설면서도 눈에 익은 얼굴이 있었다. 이름을 확인하고 사진 속 얼굴을 다시 들여다보았다. 단발머리, 큰 눈. 내 가슴에서 작은 진동 같은 게 느껴졌다. 공식 기록란을 봤다. 독서, 그림 그리기. 수정이가 좋아하는 것과 잘하는 것이었다. 선생이 그 애에 대해서 남긴 기록은? 아빠, 엄마, 동생이 있었다. 혈액형은 B형. 명랑하고 상냥한 성격. 맞다. 그랬던 것 같다. 그래서 내가 그 애를 좋아했던 것 같다. 크고 맑은 눈도 좋아했던 것 같고. 시시콜콜한 것들이 나처럼 5학년 때까지만 기록되어 있었다. 핸드폰 번호도 적혀 있었다.

그 앤 날 기억할까?

사진 속 단발머리 여자애를 찬찬히 보았다.

13

대신 받아 줘?

세 번째 일기장에 이렇게 적힌 데가 있었다.

'오늘처럼 펑펑 눈 쏟아지던 날, 나 때문에 두 동생이 죽었다. 적군인지 아군인지 모를 비행기 폭격. 나 혼자 살겠다고 앞서 달렸다. 뒤쫓아 오던 어린 두 동생이 포탄에 맞았다. 묻어 주지도 못했다. 만수와 순옥이를 버려두고 도망쳤다. 도망ㅊ'

다른 일기보다 유난히 얼룩지고 번진 데가 많았다. 글씨도 다른 데와 달리 반듯하지 않고 흔들려 있었다. 지난번 강당에서의 일이, 종이비행기를 보고 기겁해 소리를 내지르던 선생의 모습이 떠올랐다.

선생이 고아로 자랐다는 말은 사실인가 보다. 육이오 전쟁

중에 부모 없이 두 동생을 데리고 다닌 걸 보면 말이다. 그런데 평생 독신으로 지냈고, 피붙이 하나 없다고 한 것은 여전히 의문이었다. 일기에서 결혼, 가정생활에 관한 언급은 없었다. 하지만 네 번째 일기 뒷부분에 이런 구절이 있었다.

'유선, 한유선. 그녀를 생각하면 설렌다. 힘도 난다. 이런 기분 처음이다. 내 안의 어둠이 걷히고 빛이 가득 차는 것 같다. 아이들 눈망울을 들여다볼 때처럼.'

혹, 유선이라는 여자와 결혼하진 않았을까? 그래서 선생을 아버지라고 부르던, 내 기억 속 그 청년을 낳은 게 아닐까? 지금 현재 선생 곁에 가족이 왜 하나도 없는지 그 까닭은 모르겠지만 말이다. 일기가 다섯 권뿐인 게 못내 아쉬웠다. 있다면 뭔가 더 알아낼지도 모르는데.

두 가지 내용을 빼면, 다섯 권의 일기는 처음부터 끝까지 한결같았다. 가르치고 있는 아이들, 중고생이 된 제자, 이미 성인이 된 제자와 관련된 일이나 사건들을 줄기차게 기록하고 있었다.

그중에 특히 내 관심을 끄는 게 있었다. 돈! 돈과 관련된 거였다. 제자 중 몇몇이 선생에게 돈을 꿔 갔다. 선생이 제자들에게 여러 가지 도움을 주었고, 크고 작은 선물을 한 사실이 일기 곳곳에 드러나 있었다. 그런데 제자들이 꾸어 간 돈은 액수가 컸다. 수술비, 대학교 등록금뿐만이 아니었다. 철물점이나 문구점 사업 자금까지 꿔 간 경우도 있었다. 그런데도 빌려준 돈을 돌려받았다는 내용은 어디에도 없었다. 게다가 다섯 번째 일기는 8년 전에 기록한 거였다. 어쩌면 현재 진행형일지도 몰랐다.

내가 대신 받아 줘?

일기에 문구점과 철물점의 약도, 상호와 주소가 상세히 기록돼 있었다.

정말 선생 대신 받아 줘?

선생은 돈을 빌려주면서 제자들 걱정만 했다. 장사를 잘해야 할 텐데, 하는 일들 다 잘돼야 할 텐데 하고 말이다. 그냥주는 돈이라며 제자들이 그저 잘 살기만을 바랐다. 그런데 왜? 제자들한테 왜 이렇게까지? 선생의 태도가 납득되질 않았다. 문득 짚이는 게 있어 아까 봤던 일기장을 뒤적였다.

'교실 안 아이들이 만수 같고 순옥 같다. 내 두 동생만 같다. 아니라고, 만수와 순옥이는 오래전에 죽었다고, 잊고 싶은데, 그랬으면 좋겠는데, 그럴수록 아이들 속에서 버려두고 온 두 동생이 살아나는 것 같다. 괴롭다. 정말 괴롭다. 어떻게, 어떻게 살아야 하나?'

그래도 이해가 잘 안 되었다. 선생 가슴속이 얼마나 문드러졌는지 모르겠지만, 그래도 요즘이 어떤 세상인가. 돈 때문에 죽고 사는 세상이라고 떠들어 대지 않는가. 바로 내가 그 산증인 아닌가. 그리고 이유야 어쨌든 간에 빌려준 거니까 당연히 돌려받아야 마땅한 거 아닌가.

그래, 수고비만 적당히 떼고 선생에게 돌려주자. 그 정도는 뭐 선생도 이해할 거다. '공짜는 없다'는 말이 진리처럼 떠도는 세상이니까.

그런데 가만? 너 선생하고 어떤 사이냐고, 누군데 돈 받으러 왔냐고 물으면? 뭐라고 둘러대지? 그래, 흥신소나 심부름센터에서 왔다고 해 보자. 선생이 아파서 병원비가 필요한데 부족해서 그런다고. 하지만 선생을 직접 만나 확인하고 돈을 돌려주겠다고 하면 그때는……, 선생이 원하지 않는다고, 알려 줄 수 없다고 잡아떼자. 그러면서 선생 일기를 보여 주고 적당히 얼버무리자. 이 정도 들이대면 어느 정도 승산이 있을 것 같은데. 좋아, 당장 렛츠 고우!

일기를 챙겨 계단을 내려갔다. 골목을 내려가는데, 지하방 할머니가 폐지 실은 수레를 끌고 올라왔다. 꼬맹이가 하드를 빨며 한 손으로 수레 뒤를 밀고 있었다.

"저기 말이여, 엄마는 언제 온다는 소식 없는겨?"

"왜요?"

나도 모르게 목소리가 커졌다.

"아니, 뭔 다른 뜻이 있어서가 아니라, 너 보기 딱해서 하는 말이여."

"제가 어때서요? 잘 지내고 있는데요."

"그려, 엄마 없어도 말썽 같은 거 안 부리고 착실하니 잘 지내고 있는 줄 내가 훤히 알지. 근디 엄마가 너무 젊잖여. 엄마도 좀 생각해 줘야 안 쓰겠냐?"

"은갑이 너, 비둘기 노래 다 끝냈어?"

"아빠가 그러는데, 내가 살이 쏙 빠졌대요. 바람 좀 쐬면서 공부하래요. 수레 밀면서도 속으로 쭉 노래만 했어요. 비둘기한테 쪽팔리기 싫어서요."

돌린 말머리를 할머니가 되돌릴까 봐 후닥닥 뛰었다. 늦었다는 핑계를 대고. 할머니가 하려고 했던 말을 생각하니 쓸개 씹는 기분이었다. 엄마가 직접 들었어도 펄쩍 뛸 거다. 손가락으로 귓구멍을 싹싹 후볐다. 그래도 귓속에 맴도는 소리가 있었다. '엄마가 너무 젊잖여.' 그게 어떻다고? 서른아홉이 젊긴 뭐가 젊어. 곧 마흔인데.

골목 어귀에서 멈췄다. 긴 숨으로 심장을 진정시키고, 가방을 열었다. 일기를 펼쳐 각각 주소를 확인했다. 둘 다 먼 곳이지만 문구점보다 철물점이 가까웠다. 철물점 있는 데는 버스를 타면 될 것 같았다. 한 번에는 못 가고 중간에 갈아타야 했다.

버스에 오르자마자 차창 위에 붙은 노선을 살폈다. 두 정거장을 가서 환승했다. 이제부터는 열 정거장만 더 가면 되었다. 일기장을 꺼내 철물점 이름, 빌려 간 액수, 빌려 간 사람 이름, 약도를 꼼꼼히 살폈다. 600만 원. 큰돈이었다. 수고비 조로 10분의 1만 떼어도 60. 그것도 한 방에!

버스에서 내렸다. 약도에 나와 있는 약국을 보니 제대로 오긴 온 것 같았다. 이 근처 어디인 것 같은데. 일기를 펴서 약도와 주위를 대조해 봤다. 빵집이 있고, 꽃집이 있고, 바로 그 옆인데. 이상했다. 분명 약도에는 꽃집 옆에 철물점이 있는 것으로 표시돼 있는데, 철물점이 아니라 부동산 중개업소였다.

부동산 중개업소 문을 밀고 들어갔다.

"뭐 좀 여쭤보려고요? 원래 이 자리 철물점 아니었어요?"

"그랬지. 한데 그건 왜?"

"철물점 주인을 좀 만날 일이 있어서요."

"이 동네 뜬 지 3년 됐어. 가게를 더 크게 연다고 했지, 아마."

아직은 없던 일로 할 때가 아니었다. 가정환경조사서. 거기에는 별의별 내용이 다 들어 있다. 싹 뒤져야 하는 번거로움이 있지만, 철물점 주인이 어디로 이사했는지 기록돼 있을지 모른다. 추적하면 되는 거다. 또 일기에 없는, 새로운 돈거래가 그 많은 가정환경조사서마다 줄줄이 엮여 있을지 모른다. 금광기록부가 될 수도 있는 거다. 그리고 지금은 기회가 한 번 더 남아 있었다. 문구점 한다고 빌려 간 돈은 철물점보다 200만 원이나 많았다!

여기서 문구점까지는 어떻게 가야 하나?

버스를 타고 가다가 지하철이 닿는 곳에서 내렸다. 갈증이 났지만 참았다. 승강장에서 지하철을 기다리는데, 핸드폰이 울렸다. 낯선 번호였다. 엄마? 핸드폰 샀나? 아닌 것 같았다. 여기서처럼 거기서도 쪼들리는 엄마였다. 그럼 누구? 수정이? 후훗, 절로 쓴웃음이 났다. 무더위에 내가 미친 게 분명했다. 신호음이 끊겼다가 다시 울렸다. 핸드폰을 귀에 댔다.

"잘 지내냐?"

뜻밖에도 단코탱이었다.

"다리는 괜찮아? 다 나았어?"

"예."

"너 말이야, 너무 꽉 쉬면 나중엔 뛰고 싶어도 못 뛰어. 나와서 연습해."

갑자기 뜬금없이 웬 연습? 나한테 개인 지도라도 해 주겠다는 건가?

"저번에 말이야, 그때처럼만 해 봐. 뭔가 될지도 모르니까."

단코탱이 내 대답도 듣지 않고 전화를 끊었다. 그렇다고 내가 딱히 할 말이 있는 것은 아니었다. 그런데 가만, 저번

때라니? 아, 미쳐 날뛰듯이 달리다 *꼬꾸라졌던……*. 그때 나를 잘 봤나? 나한테 뭔가 일말의 가능성이 엿보였나? 하지만 내가 넘지 못한, 결코 깨지 못할 기록들이 내 앞에 첩첩산중이다.

열다섯 정거장을 가는 동안 문구점 약도가 그려진 일기를 들여다보았다.

지하철에서 내려 지상으로 올라와서, 마을버스를 탔다. 여덟 번째 정거장에서 내렸다. 우체국부터 찾았다. 정거장에서 그렇게 멀지 않았다. 우체국을 지나 두 번째 골목 앞에서 멈추었다. 세상에! 있었다, 행복문구! 일기에 적힌 바로 그 문구점! 8년 전 일이 진짜 현재 진행형으로 바뀌는 순간이었다. 흥분되고 긴장되었다. 호흡을 가다듬었다. 꽤 낡은 간판이지만, 눈에 거슬리기는커녕 간판처럼 행복의 물결이 넘실거릴 것만 같았다. 나의 황금 알이 되어 주려고 8년 동안 제자리를 지키고 있었다니, 그저 고마울 따름이었다.

문구점 앞으로 다가갔다. 문 앞에 발이 내려져 있었다.

"김 씨, 언제까지 딴소리만 할 거야?"

가게로 들어가려는데 안에서 큰소리가 났다. 김 씨? 문구점 하겠다고 돈 빌려 간 사람 성이 김인데, 그 사람한테 하는 말인가?

"벌써 석 달째야. 입 있으면 뭐라고 말 좀 해 봐."

발을 살짝 밀고 안을 살폈다. 60대 남자가 삿대질하고 있었다. 그 앞에는 고개 숙인 서른 중반의 남자가 서 있었다.

"죄송합니다."

"이젠 그딴 소리도 지긋지긋해."

"정말 죄송합니다."

"아, 듣기 싫다니까. 이 사람이 귀먹었나."

잠깐 정적이 흘렀다. 낡은 선풍기가 목을 덜덜거리며 돌아갔다. 더운 바람이 좁은 공간을 들쑤시고 다녔다. 한쪽에 대여섯 살쯤 된 여자애가 있었다. 인형을 만지작거리며 두 어른의 눈치를 보고 있었다.

"석 달이나 참아 줬으면 다만 한 달 치라도 내놔야지. 내가 김 씨 때문에 입에 풀칠하게 생겼어. 나도 더 이상은 봐줄 수가 없다고. 당장 밀린 월세를 내놓든지, 아니면 내일 당장 가게 비우란 말이야. 에잇."

60대 남자가 발을 홱 밀치고 나왔다. 김 씨라는 사람이 따라 나오며 고개를 꾸벅했다.

'에이, 여긴 진짜 꽝이네. 받아 내기 글렀어.'

포기하고 돌아서려다가 멈칫했다. 어깨를 늘어뜨린 김 씨. 그가 기우뚱거렸다. 불안해 보였다. 다리를 절었다. 아! 불현듯 7년 전 그 청년, 선생을 아버지라 부르던 청년의 모습과 가게 안의 그가 포개어졌다. 눈을 크게 뜨고 다시 한 번 그를 바라보았다.

'선생은 송, 저 사람은 김?'

14

사랑하는 사람

"전에 창고 정리 다 못 했는데, 그거 할까요?"

가정환경조사서를, 아니 황금기록부를 염두에 두고 사무장에게 물었다.

"으으, 그래. 아, 아니다. 잠깐 따라와 봐."

일이 틀어지는 게 아닐까 걱정됐지만, 일단 사무장을 따라갔다. 강당에서 노랫소리가 들려왔다. 노인들이 합창하는가 보았다. 2층으로 올라갔다. 남자 방 4호실로 들어갔다. 뽀글이 여직원과 선생 단둘이 방바닥에 앉아 앨범을 보고 있었다. 낡은 앨범이었다.

"학생한테 맡기고, 가서 일 봐."

사무장이 나를 여직원에게 인계하고 방에서 나갔다.

"잘 왔어. 이런 데서 봉사하다 보면 느끼는 게 많을 거야, 좋은 쪽으로."

여직원이 자리를 털고 일어났다. 선생이 나를 보며 헤헤거렸다.

"어려울 것 없어. 천천히 넘겨 주기만 하면 돼."

여직원이 자리를 떴다. 가방을 놓고 선생 옆에 앉았다. 기분이 묘했다.

앨범 속 사진들은 아주 오래된 흑백 사진들이었다. 졸업 사진들 속에, 봄 소풍, 가을 소풍 속에 선생이 있었다. 아이들과 어울려 환하게 웃고 있었다. 만국기가 걸린 운동장에서 아이들과 학부형들과 찍은 사진도 있었다. 천천히 한 장씩 넘겼다. 선생이 사진을 보며 헤헤거렸다. 앨범 중간쯤부터 컬러 사진이 나왔다.

앨범을 거의 다 넘겨 가는데, 사진 하나가 눈을 끌었다. 단체 사진인데, 배경이 어딘지 모르게 낯익었다. 어디지? 맞다. 학예회. 3학년 때 학예회를 마치고 강당에서 찍은 사진이었다. 선생은 왼쪽 끝에 서 있고, 나는 곰 모자를 쓰고 오른쪽 끝 맨 뒤에 있었다. 수정이는? 바로 내 앞에 있었다. 날개 달린 옷을 입은 여자애. 트랙에서 질주하던 때처럼 순간 가슴에 높은 전류가 흘렀다.

"다 봤어요."

앨범을 덮자, 선생이 앨범 맨 앞장을 펼쳤다. 그래 놓고 나를 보며 헤헤거렸다. 또 보자는 걸까? 아까처럼 앨범 갈피를 한 장씩 넘겼다. 선생은 좋아서 더 큰 소리로 헤헤거렸다. 앞부분은 내가 보지 못했던 사진들이었다.

흑백 사진 하나가 내 눈길을 붙들었다. 촛불 밝힌 작은 케이크를 놓고 중년의 선생과 교복 차림의 남녀 학생들이 둘러앉은 사진이었다. 한 남학생이 기타를 치고 나머지 학생들은 손뼉 치며 노래를 부르고 있었다. 고등학생들 같았다. 사진 아래에 '선생님, 생신 축하드립니다.'와 날짜가 적혀 있었다. 어? 다음 주면 선생 생일? 고개를 돌렸다. 선생이 앨범을 내려다보고 있었다. 사진 속 자신의 행복한 모습을 보며 고장 난 인형처럼 그저 헤헤거리기만 했다.

중간쯤까지 보았을 때, 선생이 하품했다. 선생 눈에 잠이 그렁그렁했다. 몇 장을 더 못 보고 선생은 꾸벅꾸벅 졸았다. 앨범을 옆으로 치우고 깨지 않도록 선생을 가만히 뉘었다.

창고로 왔다. 박스에서 가정환경조사서를 꺼냈다. 작은 글씨로 빽빽이 적힌 걸 일일이 확인하자면 꽤 시간이 걸릴 터, 집으로 가져가는 게 좋을 것 같았다. 너무 많아 일단 열 권만 챙겼다. 일기 다섯 권을 원상 복귀 시키고, 가방에 가정환경조사서를 넣고 지퍼를 채우는데, 기척이 났다. 가방을 얼른 내려놓고 물건 하나를 집어 정리하는 척했다.

"어, 여기 있었구나."

"네, 할아버지가 사진 보다 잠들어서요."

여직원이 알고 있다는 듯 고개를 끄덕이고는 음료수를 주고 갔다. 마시고 빈 병을 내려놓다가 어깨를 뭔가에 탁 부딪혔다. 가지런히 쌓아 놓은 플라스틱 바구니들이 넘어지면서 내용물들이 와르르 쏟아졌다. 에잇, 뭐야. 어, 이건! 선생이 메고 있었던, 낡은 밤색 가죽 가방이었다. 떨어져 너덜거리는 덮개 옆으로 삐죽 나온 게 있었다. 전에 봤던 가정환경조사서이겠거니 했는데, 그거 말고도 하나가 더 있었다. 빼서 보니 반쯤 떨어져 나간 일기장이었다. 어? 그땐 없었는데. 최근에 누군가 선생 물건을 정리하면서 넣어 뒀나? 반쪽짜리 일기장. 별로 건질 게 없을 것 같아 가정환경조사서만 가방에 챙겨 넣었다.

물건 정리를 어느 정도 한 다음에 사무실로 갔다. 약속이 있어서 창고 정리를 다 못 하고 간다는 말로 인사를 대신하고 요양원을 나왔다.

지하철에서 가정환경조사서를 잠깐 떠들어 보다가 도로 가방에 넣었다.

지하철에서 내려 7번 출입구 쪽을 보았다. 단속 중이라 잡상인들이 지하도에 없었다. 계단을 올라가 지상으로 나왔다. 횡단보도를 건너 골목 입구 쪽으로 가는데, 잡아, 하고 외치는 소리가 들렸다. 내 앞으로 뭔가가 획 지나갔다. 푸들이었다. 나도 모르게 질주 본능이 꿈틀거렸다. 푸들 입에 손지갑이 물려 있는 건 보이지도 않았다. 달리기 시작했다. 점점 푸들과 거리가 좁혀졌다. 가방이 등 뒤에서 중심을 흩뜨렸지만, 달아오른 질주를 멈추게 하지는 못했다. 거리 측정이 가능한 내 심장이 250미터를 감지했을 때, 달아나던 푸들이 갑자기 멈췄다. 물고 있던 손지갑을 떨어뜨리고 헥헥 숨을 몰아쉬었다. 나의 질주 본능도 자연스레 멈췄다. 숨을 고르는데, 누군가 헐레벌떡 뛰어와 손지갑을 주워 들었다.

"어, 이게 누구야?"

지난번 그 짭새였다. 팔뚝에 치타 문신 흔적이 있는.

"야, 너 완전 번개구나. 개보다 빠른 인간이 여기 있네. 어? 거기 서, 서!"

짭새가 꽁무니를 빼는 푸들을 가리키며 소리쳤다. 당장 뒤쫓아 가 체포할 것처럼 눈썹을 꿈틀거렸다. 그랬다가 히죽 웃고는 내게 말했다.

"가자."

"네?"

"소매치기 개한테서 물건 되찾는 데 일등 공신이 됐으니, 표창이라도 받아야 할 거 아냐?"

"아니, 됐어요. 그만 가 볼게요."

"이거, 겸손하기까지 하네. 너, 맘에 든다. 나랑 투캅스 한 번 해 볼래? 졸업하고 할 일 없으면 내 파트너 해라. 이 오 순경이 큰맘 먹고 기다려 줄게. 어때?"

나는 생각해 보겠다고 얼렁뚱땅 대꾸하고는 재빨리 자리를 떴다. 짭새 짝꿍? 어설프게 그려 본 몇몇 미래는 있다. 그 목록에 짭새가 있었던가. 분명한 것은 현재로서는 짭새와 거리를 둘수록 좋다는 거다. 까딱하면 황금빛 계획이 들통날 수 있으니까.

걸음이 빨라졌다. 금덩어리 채굴 관련 서류가 무려 열 권 이다.

아랫집을 잠깐 들여다봤다. 내가 온 줄도 모르고 꼬맹이가 컴퓨터에 빠져 있었다. 그런데, 어라? 게임하는 줄 알았는데 그게 아니었다. 모니터 속 젊은 여자 얼굴을 뚫어져라 들여다보고 있었다. 대가리에 뭣도 안 마른 것이 벌써부터!

딱!

"아얏!"

"빨리 안 꺼."

"왜요, 우리 엄만데?"

꼬맹이가 대들듯 눈을 치켜떴다. 그러고는 보란 듯이 다른 사진을 띄웠다. 아까 그 여자가 갓난아기를 안고 있었다.

"나하고 우리 엄마란 말예요. 아빠랑 지하방 할머니가 하는 얘기…….”

꼬맹이가 말끝을 흐렸다. 표정이 자못 심각해 보였다.

“새엄마가 생긴다면 우리 엄마랑 닮았으면 좋겠는데.”

“그래, 네 말대로 될 거다, 틀림없이.”

꼬맹이 등을 툭툭 쳐 준 다음 꼬맹이 방에서 나왔다. 옥탑방으로 올라오자마자 가방에서 가정환경조사서를, 아니 금광기록부를 꺼냈다. 설레었다. 한 권을 펼치는데 핸드폰이 울렸다. 쳇, 하필 이때 누구야? 받지 말까 했는데, 발신 번호를 보고는 얼른 핸드폰을 귀에 댔다.

“엄마!”

“그래, 아들, 잘 있었어?”

왜 이제야 전화해? 빚내서라도 핸드폰 사. 전화 걸고 싶어도 마음대로 걸 수가 없잖아. 엄마는 엄마 생각만 해? 내 생각도 좀 해 줘야 할 거 아냐. 이제 엄마 얼굴도 잘 생각 안나, 안 난다고. 알았어? 이렇게 한바탕 쏘아 대고 싶었지만 가슴 한구석으로 밀어 놓았다.

“그럼, 내가 어린앤가?”

“다행이다. 저가 항상 미안해. 그리고 할 얘기가 있는데…….”

“말해.”

“저가 또 미안하고, 정말 미안해. 할머니가 돌아가셨어.”

"뭐라고? 할머니가?"

무슨 말로 엄마를 위로해야 할지 몰라 당황했다. 할머니가 돌아가셨으니 엄마가 곧 돌아오겠구나 하는 생각도 재빨리 뇌 주름을 비집고 들어왔다.

"저가 여기 온 지 얼마 안 돼서……. 미안해. 정말 미안해."

머릿속이 텅 비어 붕 뜨는 것 같았다. 돌아가신 지 벌써 몇 달 지났다고? 왜? 왜 여태 거짓말했어? 왜 숨긴 거냐고? 묻고 싶은 것들이 한꺼번에 올라와서 목구멍이 막혔다. 겨우 한마디를 혀 위로 끌어 올렸다.

"근데 왜 아직 거기 있는 거야?"

"미안해. 저도 그러고 싶었는데, 그러려고 했는데……."

다시 목구멍이 막히고, 그 밑에서 말들이 들뛰었다. 장례 치렀으면 빨리 돌아왔어야지, 왜 거기 그러고 있는 거야? 망고 물릴 때까지 먹다 오려고? 이제는 여기서도 실컷 먹을 수 있어. 대체 엄마가 제일 사랑하는 사람이 누구야? 나는 엄마뿐인데, 엄마는 누구냐고?

"아들……."

"엄마, 다른 일이라도 있는 거야?"

"아들……, 미안해."

"그만 미안해해도 돼, 엄마. 나 충분히 알아들었어."

남은 빚 안고 살아갈 일이, 아빠 없이 헤쳐 갈 일이, 힘 부치고 막막해서 오고 싶지 않다는 거, 나 그거 이해해 줄 수 있어. 이곳에서 20년 가까이 보냈어도 나고 자란 거기가 훨씬 좋고 편할 거라는 거, 열일곱 살짜리가 왜 그걸 모르겠어.

"엄마, 정 힘들면 좀 더 거기 있다 와. 난 괜찮아."

"미안해, 저가 미안해. 그리고……, 할 말 있어."

이제 다 한 거 아냐? 또 무슨 말? 혹시 그 남자? 설마 농장 주인이랑? 몸이 부르르 떨렸다.

"언제까지 미룰 일이 아니라는 걸 저가 깨달았어. 그래서……, 저가 이제 결정했어. 미안해, 저가 미안한데…… 저는 여기 라오스 사람……."

그만해, 그만하라고! 핸드폰을 방바닥에 내동댕이쳐 버렸다.

15
금빛 엽서

"대체 뭔 일이다냐? 황소보다 팔팔한 네가 뭣 땜시 엿물처럼 흐물흐물하다냐?"

어젯밤에도 성가시게 하더니, 지하방 할머니가 아침부터 목소리를 높였다. 내 이마를 자꾸 짚어 보는 할머니 손을 피해 돌아누웠다.

"참 별일이여. 더위 먹은 것도 아니고. 네 엄마가 알면 애간장 다 숯 되겠다. 죽 여기 놔뒀으니께 한 숟가락이라도 떠. 속까지 비워 참말로 큰일 맨들지 말고."

할머니가 쯧쯧 혀를 차고는 방에서 나갔다.

새벽까지만 해도 이대로 콱 죽어 버리고 싶었다. 세상에 나 혼자 내던져진 것 같았다. 앞날이 별 하나 없는 밤보다 더

캄캄하게만 느껴졌다. 차라리 선생처럼 기억에 구멍이 숭숭 뚫려 있다면, 아무것도 기억할 수 없다면 좋을 텐데. 날이 밝아 오기 전에 땅속으로 팍 꺼져 버리고 싶었다.

기적이 났다. 로봇 소리가 나는 걸로 봐서 꼬맹이였다.

"형님, 스승니임……. 많이 아파요?"

"……."

꼬맹이가 코를 내 얼굴에 가까이 대고 킁킁거렸다.

"냄새 안 나니까, 나쁜 오대양 육대주 병에 걸린 건 아닌 거고. 그럼 뭣 땜에 이러지? 할머니 말마따나 진짜 요상시럽네."

꼬맹이가 중얼거리고는 내 옆에 앉아 로봇을 가지고 놀았다. 꺼져, 인마! 소리치고 싶었다. 하지만 그럴 힘도, 의욕조차도 생기지 않았다. 가만히 놀던 꼬맹이가 점점 로봇 놀이에 빠져들었다. 나중에는 나를 아예 안중에도 두지 않았다. 아니, 내가 있다는 걸 잊은 모양이었다.

"드래건, 너 맛 좀 봐야겠어. 타이거 팔에 로봇 장착. 드래건을 향해 발사! 슈우웅 꽝! 으아아악! 네 이놈! 내가 당하고만 있을 것 같으냐? 나는 드래건이다. 가소로운 것, 꼼짝 말고 기다려라. 하하하."

나한테도 반격이 필요한데. 그 누구를 향해서가 아니라 오로지 나 자신을 위한 반격. 나를 짓누르는 이 무기력과 암울

함을 털어 내고 싶었다. 엄마, 엄마 없이 나 잘 버텼어. 엄마가 나를 속인 몇 달 동안 나 박두공, 아주 잘 살아왔다고. 알아? 아냐고? 숨을 길게 들이마셨다. 한 번 더 힘껏 들이마셨다. 좋아. 엄마는 라오스에서 엄마 인생을 살아. 나는 여기서 내 인생을 살게.

"너, 비둘기 노래 9단까지 다 외웠어?"

"네, 스승님. 히힛. 이제 국언데요. 1단원, 장면을 떠올리며."

"1단원은 너 혼자 알아서 해. 건너뛸 거니까. 가서 문제집 풀어. 풀고 책받침 다 가져와."

"왜요? 나는 1단원 좋아요. 엄마를 맘껏 떠올리고 싶단 말이에요. 엄마랑 찍은 사진도 많고, 얼마나 재밌게 놀았는데. 꿈에도 떠올리고 싶은데."

"이 자식이!"

윗몸을 벌떡 세우는 나를 보고 꼬맹이가 어깨를 움츠리며 한 발짝 물러났다.

"참말로 거시기 하고 요상시럽네. 다 죽어 가다 오뚝이처럼 일어나네."

꼬맹이가 중얼거리며 방에서 잰걸음으로 빠져나갔다.

좀 어지러웠다. 호박죽 그릇을 끌어당겼다. 먹고 나니 기운이 좀 났다. 빈 그릇을 밀어 놓고 책상 앞에 앉았다. 가방에서 가정환경조사서를 꺼냈다. 이왕 이렇게 된 것, 금덩어리들아, 마구 쏟아져라! 한 권을 다 훑도록 고대하던 기록은 볼 수 없었다. 셔츠, 책, 양말, 자장면, 축구공, 야구 글러브, 농구공, 과자, 피리, 필통 등등의 것들을 사 주거나 선물했다는 정황만 엿볼 수 있었다.

금광기록부를 두 권째 펼쳐 드는데 핸드폰이 울렸다. 받지 않았다. 지난밤에도 몇 차례 벨이 울렸지만 무시했다. 핸드폰이 어둑한 싱크대 밑 구석에서 한참을 울다 그쳤다.

드디어 금맥 하나가 터졌다. 두 번째 금광기록부 중간쯤에 오토바이를 사 줬다는 기록이 있었다. 우유 배달을 하려는 제자에게 사 준 거였다. 수첩에다 이름과 주소, 연락처를 적었다. 오토바이를 사 준 것은 13년 전 일이지만, 바뀐 주소는 필체가 선명한 걸로 보아 그보다는 나중이었다. 여섯 권째까지 살폈을 때, 열아홉 건의 금맥을 발견했다. 교복, 자전거, 월세, 바이올린, 기타, 등록금, 결혼 비용, 수술비, 교통사고 합의금, 피아노 등과 관련된 것들이었다. 돈을 빌려주고 돌려받았다는 내용이 딱 하나 있었는데, 그건 뺐다.

수첩에다 필요한 사항들을 적고 있는데, 꼬맹이가 국어 문제집에 책받침들을 얹어 들고 왔다.

"스승님, 문제를 다섯 장이나 풀고, 익힘 문제도 풀었어요. 그리고 이거요."

꼬맹이한테서 책받침들을 받아 비둘기 노래들을 살폈다.

"근데 여기 5번, 18번, 20번 문제 어려운데요. 또 이 문제하고 여기."

"해답 봐. 잘 설명돼 있어. 그리고 비둘기 노래 이 악보 보이지? 달달 외워서 노래해."

"헐! 19단, 이걸 다요? 아는 형들도 9단까지만 하는데요."

"네 머리 비둘기 대가리보다 작냐? 아니잖아, 인마. 하라면 해. 가 봐."

돌아서는 꼬맹이 입 모양이 '우이씨'였다. 꼬맹이를 불러 세우지 않았다. 금맥 탐색을 재개했다. 아까 적다 만 것을 마저 적고, 일곱 번째 금광기록부를 펼쳤다. 눈 곡괭이질을 쉬지 않고 해 댔다. 눈이 뻑뻑했지만 내리 네 권을 파헤쳤다. 성과가 있었다. 금덩어리가 될 만한 건수가 열넷. 앞서 여섯 권에서 채굴한 것까지 모두 따지면 서른셋. 상당한, 흡족할 만한 성과였다.

마지막으로 선생 가죽 가방 안에 있던 가정환경조사서를 넘겼다. 번지고 흩어진 글자들. 중반부가 지나도록 별다른 성과가 없었다. 몇 장 남지 않은 뒷부분을 설렁설렁 넘기는데, 삐뚜름한 눈 곡괭이를 발딱 세우는 게 있었다.

이건 왜 이렇게?

일부러 표시해 둔 게 분명했다. 반으로 접힌 걸 폈다. 한눈에 봐도 앞의 것들과 뭔가 좀 달랐다. 여백이 많았다. 하단의 10단위 숫자들이 눈에 띄었다. 30, 20, 40, 20, 30……. 모두 여덟 개. 숫자들 옆에 적힌 괄호 안 날짜들. 첫 번째 숫자 30 옆 날짜는 지금으로부터 15년 전 봄. 그 이후 날짜들은 두세 달 간격을 두면서 해를 넘겼다. 첫 날짜부터 마지막 날짜까지 기간이 1년 반. 대체 이게 무슨 뜻이지? 숫자 뒤에 뭐가 생략된 거지?

상단에 붙은 사진. 남자애인데 고운 얼굴이었다. 이름은 영민. 성은 얼룩져서 알아볼 수 없었다. 생년월일을 놓고 계산하니 영민이라는 사람의 나이는 현재 서른둘. 첫 번째 날짜를 기준으로 하면 그때 나이 열일곱, 나와 동갑이었다. 돋보기를 가까이 대고 여기저기 흩어진 글씨들을 조합했다. 영민이라는 사람은 평범한 가정에서 자란 것 같았다. 착하면서도 표 잘 안 나는 학생이었던 거 같다. 4학년 때 선생이 담임이었는지 그때부터 시시콜콜 기록되다 중1쯤에서 멈춰 있었다.

오른쪽 아래에 전화번호로 추측되는 게 적혀 있었다. 그런데 번지고 뭉개져서 돋보기를 들이대도 소용없었다. 그나마 확인해 볼 만한 건 숫자들 위에 적힌 주소와 약도였다. 주소 뒷부분은 뭉개졌고, 약도는 사거리에 화살 표시만 되어 있었다.

조사서를 가지고 아랫집으로 내려갔다. 꼬맹이가 식탁에서 책받침을 앞에 놓고 제 머리를 쥐어뜯고 있었다. 꼬맹이 방으로 가 컴퓨터를 켰다. 낯선 시와 구와 동까지 주소를 입력하고, 지도를 띄웠다. 지도 왼쪽 부분은 도로가 복잡하고 관공서 같은 건물도 많지만 오른쪽은 비교적 간단해 보였다. 낮은 산이 있어서 그런 것 같았는데, 산 옆에 성당이 있었다. 반대편 산자락에는 교도소가 있었다. 기분이 찝찔했다. 에이, 왕재수! 화면을 지우고 옥탑방으로 올라왔다.

　'당장은 어쩔 수 없어. 숫자 뒤에 만 원이 생략돼 있다 해도.'

　문제의 가정환경조사서를 일단 제쳐 놓고, 열 권에서 채굴한 서른세 건의 금빛 거래를 다시 살폈다. 합하면 엄청난 돈. 받아 낼 생각을 하니 심장이 날뛰었다.

　그런데 문제가 좀 있었다. 주소가 온 사방에 흩어져 있다는 거였다. 여기서 한두 시간 거리에 있는 금광은 그렇다 쳐도, 세 시간을 넘어서는 주소들은 문제였다. 그런 주소들이 거의 절반이나 됐다.

　어떻게 하지?

　그래, 이렇게 하자. 광맥의 질을 우선 확인해 보는 거다. 섣불리 단거리 금광에 달려가지 말고, 장거리 금광들 중에서 보다 쉽게 금을 캘 수 있는 곳을 가려내 보는 거다.

추리닝 상의를 걸쳤다. 모자와 뿔테 안경과 마스크를 챙기고, 수납장에서 작은 종이 상자도 꺼내 옆구리에 찔렀다. 옥탑방에서 내려와 골목을 구불구불 내려갔다.

4번 출구 계단을 내려가 화장실에서 변장했다. 엽서를 한꺼번에 여러 장 사려면 돈이 필요했다. 알바로 충당할 생각이다. 그동안 오래 비워 둔, 두 번이나 무단 점거 당했던 내 일터를 점검하는 차원에서도 필요한 일이다.

"아줌마, 저리 못 가요?"

"내가 왜? 그쪽이 가. 여긴 내 자리야."

아줌마와 아저씨가 내 일터에서 서로 으르렁대고 있었다.

"좋은 말 할 때 가슈. 재작년부터 올 초까지 내가 여기 눌러앉아 있었어. 몸이 안 좋아서 몇 달 쉬었다 나왔더니, 똥파리들만 꾀네, 에이!"

"여기 임자가 어딨어? 못 가니까, 똥파리 같은 당신이나 딴 데 알아봐."

"이 아줌마가 만날 귓밥만 파먹고 살았나, 사람 말을 영 못 알아듣네, 어?"

아저씨와 아줌마가 서로 멱살을 잡고 육두문자를 면상에 날려 댔다. 바구니에서 삶은 옥수수와 감자가, 상자에서 장난감들이 쏟아져 계단으로 굴렀다. 호루라기 소리가 들렸다. 짭새 두 마리가 푸드덕 날아왔다. 오 순경, 그 짭새도 있었다. 변장한 채였지만 들킬까 봐 후딱 구경꾼들 뒤로 물러났다.

으아, 젠장, 으아아아. 어떻게 마련한 알바 자리인데.

금싸라기 터를 되찾기가 결코 쉬워 보이지 않았다. 되찾는다 해도 한바탕 난리를 친 자리라 짭새들이 가끔 들여다볼 것이다. 안전한 자리가 아니다. 그렇다면 다른 터를 알아봐야 하는데, 이런 금싸라기 터를 어디에서…….

지상으로 올라와 안경을 벗어 추리닝 주머니에 넣었다. 문구점으로 갔다. 주머니를 털어 엽서 열다섯 장을 샀다. 골목을 올라가는데 금판이라도 든 것처럼 엽서가 묵직하게 느껴졌다. 엽서 든 손에서 땀도 났다. 현재로선 이 엽서 열다섯 장이 도둑맞은 금싸라기 터를 대체해 줄 유일한 대안이었다.

"십이 삼 삼십육, 십이 사 사십여덟, 아니 사십팔, 어? 스승님, 배고파요. 점심 언제 먹어요?"

꼬맹이가 집으로 들어서는 나를 보고 배고픈 시늉을 했다.

"알아서 먹어. 그리고 방해하지 마. 지금부터 나 투명 인간이다. 변신 시작!"

꼬맹이가 투덜거리며 부엌으로 갔다. 라면을 끓이려는지 비닐 부스럭거리는 소리, 냄비에 물 받는 소리가 났다. 키보드를 두들겼다. 보내는 사람 주소는 들꽃요양원. 받는 사람 주소는 편도 세 시간 이상 되는 곳들. 본격적으로 편지 쓰기에 들어갔다. 자꾸 빨갛게 밑줄이 그어졌다. 밑줄 없는 글을 쓰려고 사력을 다했다. 썼다 지우기를 몇 번이나 되풀이하고 나서야 키보드에서 손을 뗐다.

안녕하세요?
저는 요양원에서 몇 달 전에 봉사했던 사람입니다.
그 요양원에 송만관 할아버지가 계십니다.
그분이 쓴 일기를 우연히 봤는데
선생님이었던 그분이 제자였던 당신을
그리워한다는 걸 알았습니다.
실례지만 안타까운 마음에 한 말씀 드립니다.
돌아오는 수요일이 할아버지 생신입니다.
혹시 시간 되시면 찾아오셔서 사제 간의 정을 나누면 어떨까요?

설마 선생을 보러 오는 사람이 있지는 않겠지? 아마도 없을 거다. 그러기를 바란다. 선생 생일은 수요일, 평일이다. 다들 직장에서 일하느라 오기 힘들 거다. 최소 왕복 일곱 시간 이상! 다녀가려면 하루를 접어야 하는데, 설마 그럴 사람이 있을까?

내가 노리는 수는 빚진 양심, 혹은 선생에 대한 관심. 엽서를 받은 사람들이 선생에게 카드건 선물이건 뭐든 보내 주었으면 하는 거다. 그런 사람들한테 선생한테 진 빚을 들이대는 거다. 협상은 약간 협박조로!

'봤죠? 복사본인데, 당신 선생님이 당신 도와준 거 여기 낱낱이 적혀 있어요. 그것도 친필로. 이거 사람들이 알면 뭐라고 할까요? 치매 걸린 선생님이니까 안 갚아도 된다고 옹호해 줄까요? 홍보라도 해 줄까요? 다 갚으라는 게 아닙니다. 다만 얼마만이라도 내놓으시는 게 어떨까요?'

협상은 인터넷상으로만 할 거다. 어쩔 수 없다. 나는 클 만큼 컸지만, 결코 어리지 않지만, 나를 얕잡아 보는 사람들이 아직 많다. 그들과 직접 얼굴을 마주 대하는 건 나한테 불리하다.

16

누굴 만났을까?

'그러나저러나 바뀐 주소들이 없어야 하는데…….'

엽서를 보내고 나서 껄끄러운 게 그거였다. 글씨 상태로 보아 꽤 오래된 주소들이었으니까. 보낸 엽서가 내 목적에 맞게 전해지지 못한다면 그건 폐광된 것으로 간주할 수밖에 없다. 그런 일은 제발 일어나지 말아야 한다. 또 하나, 비가 오지 않아야 한다. 프린트해서 풀로 딱딱 붙인, 글이 적힌 종이가 번지거나 떨어지는 일이 없기를.

아직 내 손을 떠나지 않은 게 있다. 바로 이 문제의 가정 환경조사서. 30, 20, 40, 20, 30…….. 여덟 개의 숫자들 뒤에 정말로 '만 원'이라는 단위가 생략된 거라면? 선생의 도움을 받은 그가 현재 크게 성공했다면? 거부가 되었다면?

같은 반이었던 누군가가 알고 있지 않을까, 영민이라는 사람의 근황에 대해? 가정환경조사서를 이리저리 넘겼다. 전화번호가 적힌, 번지지 않아서 알아볼 수 있는 데를 찾으려고. 그러나 금세 포기했다. 은밀히 이루어져야 하는데 이리저리 전화를 돌리다 보면 잡음이 날 수 있다. 자칫 금빛 엽서 작업에도 악영향을 미칠 수 있다.

순간 번뜩 생각나는 게 있었다. 이 문제의 가정환경조사서와 같이 있었던 일기장! 앞부분이 떨어져 나가고 없었지만, 저번에는 하찮게 여겨졌지만, 어쨌든 은밀함을 필요로 하는 현재로서는 지푸라기라도 될 만한 거라고는 그것뿐이었다.

"꼬맹이! 야, 꼬맹이!"

아랫집 꼬맹이를 불러올렸다.

"너 방학 숙제에 '착한 일 하기' 있다고 했었지?"

"네. 할머니 따라다니려고요. 고물 줍는 거 도울 거예요."

"그건 나중에 하고, 오늘은 이 스승님이 방학 숙제 해결해 주겠어."

꼬맹이를 데리고 집을 나섰다. 요양원에 들락거린다고 해서 문제 될 건 없다. 그러나 너무 자주 무턱대고 가는 건 좀 그렇다. 더군다나 나만의 목적이 있을 때는 명분을 만들어 괜한 의심을 사지 않아야 한다.

지하철 표를 끊고 개표구로 가면서 7번 출구 쪽을 잠깐 보았다. 씁쓸했다. 똥파리들의 똥 무더기가 되어 가는 내 금싸라기 땅. 이런 때일수록 황금기록부 프로젝트가 성공을 거두어야 할 텐데. 손실을 만회하고도 몇 배, 아니 백 배는 남아야 할 텐데. 지하철을 타고 나니 프로젝트 성공에 대한 마음이 더욱 간절해졌다.

지하철에서 내려 요양원으로 갔다. 노인들은 또 강당에서 뭘 하는지 그쪽에서 부산스러움이 느껴졌다.

"안녕하세요? 저는 구은갑이라고 해요. 착한 일 하기가 방학 숙제라서, 우리 스승님이 데려왔어요, 히히."

누가 시키지도 않았는데 꼬맹이가 자기소개를 했다.

"어, 그래? 정말 기특하다, 기특해. 그런데 스승님이 이 사람 맞아?"

사무장이 웃음 지으며 나를 보았다. 꼬맹이가 고개를 끄덕였다. 나는 얼굴이 화끈거렸다. 여직원이 호호호 웃고는 말했다.

"사무장님, 틀린 말은 아닌 것 같은데요. 봉사 시간 다 채우고도 스스로 여기 오는 학생 없잖아요. 스승 자격 있어요."

여직원이 냉장고에서 요구르트를 꺼내 꼬맹이에게 주었다. 나한테는 포도주스를 주었다. 꼬맹이가 요구르트 바닥을 이로 물어뜯어 구멍을 내더니 핥았다.

"근데 은갑이 뭘 하면 좋을까? 마당에 물 뿌릴래? 화분에도 물 좀 주고, 응?"

사무장 말에 여직원이 은갑이 머리를 쓰다듬었다. 나는 은갑이를 데리고 마당으로 나갔다. 물뿌리개를 은갑이에게 주고 화장실에 볼일 있다 해 놓고는 창고로 갔다. 가죽 가방이 담긴 플라스틱 바구니에서 반 권짜리 낡은 일기를 꺼내 가방에 넣었다. 창고에서 나와 화장실로 갔다. 칸막이 안으로 들어가 문고리를 걸고, 변기 뚜껑을 덮고 앉았다.

일기를 꺼내 읽기 시작했다. 전에 읽었던 일기들과 다를 바 없이 '학급생활기록부' 혹은 '학생관찰기록부' 같은 역할만 하고 있었다. 지루함을 참고 몇 장을 더 넘겼을 때 내 눈을 사로잡는 대목이 있었다.

'골목 모퉁이에서 아이들 네 명이 또래 아이를 괴롭히는 것을 보았다. 고등학생들인 것 같은데, 마구 주먹질하고 발길질했다. 아이들을 나무랐다. 물러나긴 했어도 눈빛에서, 행동거지에서 나를 향한 반항심을 드러냈다. 욕설 같은 소리도 들렸다. 쫓아가서 훈계하고 싶었지만, 쓰러진 아이부터 살폈다. 입술에서 피가 나고 눈이 시퍼렇게 부어 있었다. 아이는 한 손으로 배를 움켜쥐고 괴로운 얼굴로 헐떡거렸다. 그런데 그 아이가 영민인 것 같았다.'

찾았다. 드디어 찾았다. 내가 바라는 상황에 딱 들어맞는 것은 아니지만, 어쨌든 '영민'이라는 이름을 발견한 이상 이곳에 있을 이유가 없었다. 마음 편한 데로 빨리 옮겨서 일기를 면밀히 살펴야 한다. 내 손안에 황금 덩어리가 들어올 수 있는지 없는지를.

일기를 가방에 넣고 화장실에서 나왔다. 현관문을 밀고 마당으로 내려서는데, 앗싸, 하는 소리가 났다. 어디서 났는지 꼬맹이 손에 딱지가 들려 있었다. 느티나무 아래서 선생이랑, 아니 선생을 데리고 신나게 딱지놀이를 하고 있었다. 선생은 꼬맹이가 하는 말과 행동을 흉내 내며 헤헤거렸다. 미처 예상하지 못한 일이었다. 뜨끔했다. 아니나 다를까, 꼬맹이가 나를 보자마자 조잘거렸다.

"스승님, 그 할아버지 아니에요? 우리 집에 왔던 스승님 선생님요?"

"아니, 아닌데. 물은 다 줬어?"

"네. 아까 아줌마가 와서 보고 됐다 그랬어요. 근데 정말 이상하다. 그 할아버지랑 똑 닮았는데……."

꼬맹이가 선생을 바라보며 고개를 갸우뚱했다. 선생이 낡은 딱지 하나를 든 채 꼬맹이를 보며 헤헤거렸다. 꼬맹이를 앞세우고 사무실로 가서 인사했다. 사무장이 간식 먹고 가라고 했지만 그냥 나왔다. 빨리 집에 가서 일기를 봐야 했다. 꼬맹이와 선생이 엮이는 것도 껄끄러웠다. 선생이 헤헤거리며 꼬맹이 뒤를 졸졸 따라 나왔다.

"또 와도 돼요? 이 할아버지랑 나랑 딱딱 잘 맞는데."

꼬맹이가 배웅하러 나온 여직원에게 물었다.

"그럼, 언제든 환영이야. 할아버지, 이제 그만 들어가요."

여직원이 선생을 붙잡았다. 선생이 꼬맹이와 여직원을 번 갈아 보며 아리송한 표정을 지었다. 그러더니 갑자기 여직원 에게 눈길을 주며 환하게 웃었다.

"헤헤헤, 유선 씨, 헤헤, 유선 씨, 헤헤헤헤……."

선생이 여직원의 한쪽 팔을 두 손으로 잡았다.

"알았어요, 제가 어제부터 유선 씨 쭉 해 주고 있잖아요. 그쵸오? 근데 유선 씨가 누구예요? 누군지 알면 제가 더 잘 해 드릴 텐데."

여직원이 선생을 어르며 우리한테 잘 가라고 손을 흔들었 다.

집으로 오는 동안 선생 얼굴이 자꾸 떠올랐다. '유선'을 부 르며 환하게 웃던 그 얼굴. 유선. 그녀에 대한 기억과 감정에 는 뚫리지 않은 구멍들이 몇 남아 있는 걸까? 선생에게 사랑 이란 뭘까? 언젠가 잡지에서 보니, 사랑이란 결코 지워지지 않는 아름다운 무늬라고 했다. 또 그 사람을 생각할 때마다 가슴에서 뭔가가 몽글몽글 솟아오르는 것이라고도, 달팽이 한 마리가 심장을 이리저리 돌아다니며 내는 길이라고도 했 던 것 같은데……. 수정이는, 지금 어디서 뭘 하고 있을까?

집에 도착하자마자 꼬맹이네 냉장고에서 음료수를 꺼내 벌컥벌컥 들이켰다. 꼬맹이가 손부채를 부치며 기다리다가 내가 주는 페트병을 받았다.

"꼬맹이, 아까 착한 일 한 거 일기로 써. 그다음 비둘기 노래, 알았지?"

"네, 스승님. 그리고 다음에 또 거기 데려가 주세요. 착한 일은 많이 할수록 좋은 거잖아요, 스승님처럼요, 히히."

옥탑방으로 후딱 올라왔다. 가방에서 일기를 꺼내 빠른 속도로 읽어 나갔다. 바로 나올 줄 알았는데, 며칠 뒤의 일기에 비로소 영민의 존재가 등장했다. 내용을 찬찬히 살폈다. 선생이 영민의 근황을 알아보려고 했지만 중학교 때 전학을 가서 어려움이 있다는, 그가 잘 지내기를 바란다는 내용이었다. 그 뒤로는 또 영민에 관한 기록이 감감했다. 그러다 일기장 후반부에서는 느닷없이 기록마저 끊겼다. 거의 하루도 빠짐없이 써 내려가던 일기였는데. 일기가 다시 이어진 건 딱 열흘 후였다. 처음부터 그 내용이 심상찮았다.

'힘들다. 교실에 있어도 아이들 얼굴이 눈에 들어오지 않는다. 지난 며칠 몹시 괴로웠다. 지금도 매한가지다. 밥도 넘길 수가 없다. 어떻게 이런 끔찍한 일이. 틀림없는 영민이다. 뉴스에서는 이름이 나오지 않았지만, 얼굴을 모자이크 처리했지만, 기사 내용과 정황을 따져 보면 틀림없다. 수년 전 내가 4학년 담임을 맡아 가르쳤던 영민이가 확실하다. 어떻게 이런 일이, 어떻게. 지난번에 내가 본 아이도 영민이었다. 그때 피하는 영민이를 쫓아갔어야 했는데, 어떻게든 수소문해 영민이를 만나 봤어야 했는데. 정말 괴롭다. 전에도 두 동생을 지키지 못했다. 나는 형도, 오빠도 아니다. 교사도 못 된다. 교사로서 십자가를 지고 싶었는데. 죽고 싶다. 죽고…….'

다른 일기에서와 달리 글씨가 많이 흔들려 있었다.

나도 모르게 가슴이 먹먹해졌다. '죽고 싶다'는 말 때문이었다. 그 말이 내 가슴 밑바닥을 긁어 대는 것 같았다. 엄마와 통화하다 핸드폰을 내팽개쳤을 때의 감정이 되살아나는 것 같았다. 금광 채굴 계획을 부풀리며 간신히 가슴 밑바닥에 그 '죽고 싶다'를 억눌러 놓았는데, 젠장.

천장에다 발차기를 몇 번 했다. 원투 스트레이트 어퍼컷으로 주먹도 날렸다. 그제야 불필요한 감정이 어느 정도 가라앉았다. 다시 일기를 들여다보았다. 다음 일기는 이틀 후였다. 한 줄이었고 곧은 글씨였다.

'영민아, 너에게 용서를 빈다. 부디 나를 용서해 다오. 용서해 다오.'

또 그다음 일기는 닷새가 지나서였다.

'어디에 있든 삶은 귀하고 소중하다. 포기해서는 안 된다. 열일곱의 나이는 더욱 그렇다. 용광로 속을, 폭풍 속을 지나는 시기. 시련이 닥칠 수 있다. 고통받고 상처받고 수렁에 빠지고 쓰러질 수도 있다. 그래도 부디 좌절하거나 포기하지 않았으면. 자신이 연약하고 하찮게 느껴질지라도 씨앗 같은 희망만은 품고 있기를.'

이게 끝이었다. 더는 기록된 게 없었다. 맥이 풀리고 힘이 쭉 빠졌다. 방바닥에 벌렁 드러누웠다. 피곤했다. 최상의 금광 시나리오가 무산된 게 못내 아쉬웠다. 그런데 대체 무슨 일이 있었던 거지?

아랫집으로 내려갔다. 꼬맹이가 안방에서 일기장 위로 엎드린 채 잠들어 있었다. 옆방으로 가서 컴퓨터를 켰다. 신문사 홈페이지에 들어갔다. 15년 전 선생 일기 날짜에 즈음한 기사들을 샅샅이 훑었다. 그러다가 한 기사에 눈을 고정했다.

'모 고등학교에서 1학년 학생이 수업 중에 느닷없이 같은 반 학생을 의자로 수차례 내려쳐서 의식 불명 상태에 빠뜨린 사건이 발생했다. 가해 학생 K군은 피해 학생 L군 및 몇몇 학생들에 의해 중학교 때부터 학교 폭력에 시달려 온 것으로 밝혀졌다. K군은 괴롭힘을 피해 다른 중학교로 전학까지 했지만 계속 L군에게 시달렸다. 그러다가 올해 같은 고등학교에 진학하게 되었고, 이때부터 K군에 대한 L군의 구타와 괴롭힘이 더 심해졌던 것으로 확인되었다.'

일기에 기록된 '끔찍한 일'이라는 게 이걸 두고 말하는 것이라면? 아니, 진짜로 그런 게 틀림없다. 정황상 아귀가 맞아떨어진다. K군이 영민이라는 사람인 거다. 그렇다면 숫자는……? 영, 영치금? 맞다, 맞아. 이 사건 가해자인 영민이라는 사람이 소년원에 갔고, 선생은 돈을 넣어 주었던 거다.

수수께끼 같았던 숫자들이 해독됐지만 왠지 속이 답답하고 불편했다. 컴퓨터를 끄고 옥상으로 올라왔다. 문득 십자가가 눈에 들어왔다. 꽤 가까운 거리. 항상 저 자리에 있었을 텐데, 그동안 왜 못 봤을까? 선생이 교사로서 지고 싶다던 십자가, 그 십자가와 저 십자가는 같은 걸까?

올봄, 정신이 들었을 때 만날 사람들이 있다고 했다던 선생. 맨 처음 선생은 가방 안에 가정환경조사서를 몇 권이나 챙겨 넣었을까? 요양원 밖 세상에서 선생은 누구를 만났을까? 후우, 가슴속 거북한 공기를 밖으로 내보냈다. 잿빛 구름이 꽤 두껍게 하늘을 덮고 있었다. 비라도 한바탕 쏟아지면 속이 후련할 것도 같은데. 하지만 지금은 감상에 젖어 있을 때가 아니다. 금광을 향해 가고 있을 금빛 엽서들을 생각해야 한다. 거북한 속 잠깐 편해지자고 미래가 걸린 금광 프로젝트를 망칠 순 없다, 절대로.

17

D-Day

드디어 D-Day다. 바로 선생 생일. 이제쯤 엽서들을 받았을 거다. 단 며칠 만에 오래전 선생을, 얼굴도 가물가물한 선생을 만나러 가야겠다고 결정하기란 쉽지 않을 거다. 설령 만나고 싶은 마음이 있다 할지라도 말이다.

지난밤 잠을 설친 탓인지 눈이 뻑뻑했다. 핸드폰! 싱크대 구석에 며칠째 처박아 두었던 핸드폰을 꺼냈다. 배터리가 나가서 먹통이었다. 충전기를 연결했다. 같은 번호로 수신된 게 수십 건. 모두 라오스에서 온 전화였다. 오늘 아침에 전화한 게 마지막이었다. 수신 번호를 모조리 지워 버렸다.

책상 위에 있던 가정환경조사서를 가방에다 모두 집어넣었다. 반 권짜리 일기도 챙겼다. 이것들은 이제 필요 없다.

금맥이 될 사람들에 관한 기록은 벌써 복사해 두었다. 메달을 넣어 둔 서랍 안에 잘 모셔 두었다. 녹슨 은동 메달들은 아무 쓸모도 없지만, 그 복사물은 금맥을 보증하는 보물 지도나 다름없다.

"아빠!"

꼬맹이 소리가 났다.

"우리 아들 그동안 잘 이떠떠요?"

염소 아저씨 목소리가 끈적끈적했다. 아래층이 소란했다.

"꼬럼, 만날 열꽁 하면서 잘 이떠떠. 나 12단도 외운다, 압빠."

"그래? 압빠 돈 왕창 벌어야겠네, 우리 은갑이 때학 보내고 빡사 시키려면."

추리닝 상의와 모자, 그리고 알 없는 뿔테 안경을 가방에 챙겼다. 오늘의 종착지는 두말할 것 없이 요양원이다. 하지만 그 전에 언제 어디서든 필이 꽂히는 데가 있으면 그 즉시 내 금싸라기 땅이 될 수 있는지 테스트해 볼 거다. 아 참, 이런 정신머리하고는. 제일 중요한 걸 빠뜨렸네. 서랍장을 열어 금싸라기를 받을 종이 상자를 하나 꺼냈다.

핸드폰이 울렸다. 꺼 버리려고 했다. 그런데 엄마가 아니었다. 단코탱이었다. 핸드폰을 열고 귀에 댔다.

"밥뚜껑! 내 말 잊었어? 한번 들르라는데 왜 코빼기도 안 보여?"

"저, 그게······ 갈 형편이 안돼서요."

"선수가 무슨 형편? 두 다리 멀쩡하면 그냥 달리는 거지. 지금 종합운동장으로 연습 나왔다. 해 질 때까지 있을 거니까 와라."

단코탱이 저번처럼 제 말만 쏟아 내더니 뚝 끊어 버렸다. 하지만 기분 나쁘네, 무시당했네, 그런 걸 따질 때가 아니었다. 오늘이 어떤 날인가. D-Day다. D-Day에 집중해서 잘 처신해야 한다.

가방을 둘러메고 아래층으로 내려갔다. 염소 아저씨가 수박을 들어 보이며 전에 없이 활짝 웃었다. 요즘 장사가 괜찮은 모양이지? 아니면 엄마를 의식한 의도적인 제스처? 만약 전자라면 과외비 떼일 걱정 없어 좋다. 그리고 후자라면 나보다 더 불쌍한, 이미 물 건너간 일인 줄 모르는 사람이 또 하나 생긴 거다.

"은갑아, 가서 할머니도 오시라고 해."

꼬맹이가 집 밖으로 나갔다. 염소 아저씨가 수박을 부엌으로 가져가 썰었다.

"앞으로도 요즘만 같았으면 좋겠어. 펼치기만 하면 딱딱 물건 나가지, 우리 은갑이 쑥쑥 크고 공부 열심이지. 정말 해피 씽씽이야, 해피 씽씽. 두공 선생, 우리 은갑이 계속 잘 좀 부탁해, 어?"

"예."

꼬맹이가 지하 할머니를 달고 거실에 들어섰다. 할머니가 식탁 의자에 앉으며 나와 꼬맹이를 번갈아 봤다.

"이제 보니께 둘이 닮은 데가 있네."

"아니에요. 저는 하얀 편인데 스승님, 아니 형님은 좀 까맣잖아요."

"아녀. 동글동글한 코며 넓은 이마며 도톰한 입술이며 꼭 닮았어. 요렇게 나란히 있으니께 형제가 따로 없구먼. 안 그려, 구 씨?"

"아, 예, 위아래 집 이웃사촌이니까 뭐 그렇죠, 하하하하."

염소 아저씨가 내 눈치를 보며 얼버무리더니 과장되게 웃었다.

"그럼, 그럼. 이웃사촌처럼 좋은 게 없지. 서로 속사정 다 아는 사람끼리 등 긁어 주고 오순도순 살면 오죽 좋아. 두공아, 앉아. 뭐가 급할 게 있다고 서서 그랴. 엄마한테서는 뭔 소식 없어?"

"……."

"할머니, 수박부터 드세요. 너희도 얼른 먹어."

염소 아저씨가 어색함을 지우려는 듯 말했다. 나는 가 볼 데가 있다며 돌아섰다. 현관에서 발끝에 신을 꿰는데, 염소 아저씨가 따라 나와 큼지막한 수박 한 조각을 내밀었다. 받고 싶지 않았지만, 과외 선생은 학부형과 좋은 관계를 유지하는 게 좋다. 그리고 무엇보다 금광 투어를 하게 될 때를 대비해야 한다. 만약 엽서에 대한 반응이 신통치 않으면, 몇 곳을 찍어 직접 내 눈으로 확인해 볼 거다. 그때 방방곡곡 안가는 데 없는 해피 씽씽 트럭을 이용할 참이다.

"저, 방학 끝나기 전에 은갑이랑 바람 좀 쐬었으면 좋겠어요. 어디 따로 정한 덴 없고, 그냥 아저씨랑 두루두루 다녔으면……."

"아, 그럼 나야 좋지. 참말로 좋지. 든든허고, 암."

모든 게 계획대로 풀리는 것 같았다. 수박을 베어 물며 골목을 내려왔다. 골목을 꽉 채운 열기가 문어발처럼 사방으로 뻗어 나가고 있었다.

골목을 막 빠져나와 지하철역 쪽으로 가는데 누군가 나를 불러 세웠다.

"어때, 한번 고민해 봤어?"

오늘따라 왜 이렇게 인간들이 걸리적거리는지 모르겠다. 선글라스 낀 오 짭새가 길가에 세운 짭새 차 안에서 손을 흔들었다. 그의 팔뚝에서 치타가 튀어나올 것 같았다. 나는 애매모호한 표정만으로 대꾸해 주었다. 사실 대답할 말도 없었다. 고민해 본 적도 없으니까. 그런 걸 생각할 시간이 없었다. 오로지 내 머릿속은 새로운 금싸라기 일터를 빠른 시일 안에 찾아내야 한다는, 오늘 D-Day를 맞아 보다 확실한 금맥을 가려내야 한다는 생각들로 가득 차서 출렁거렸다.

"쉬운 일은 아니지. 인생의 미래를 결정하는 건데. 그건 좀 더 천천히 고민해 보고, 나한테 부탁할 거 있으면 해 봐. 뭐든 좋아."

"없어요."

"야, 나 이래 봬도 대한민국 경찰이야. 지난번 일도 있고 하니까 말해 봐. 다 들어줄게. 일진한테 당한 적 있어? 아님 왕따?"

아무 부탁이나 해야지 싶었다. 그러지 않고서는 짭새의 아귀에서 벗어나기가 힘들 것 같았다. 근데 무슨 부탁을 해야 하나? 엄마에 관해 모든 것을 알아봐 달라고 할까? 그렇지만 인터폴이라면 모를까 동네 골목이나 누비는 짭새에게 부탁할 일은 아닌 듯했다. 그럼, 수정이? 그것도 좀 그랬다. 뭘 부탁하지?

"아, 사람 좀 찾아 주세요. 할머니인데, 이름이 한유선이고, 나이는 정확히 몰라요."

"어떻게 아는 사이? 가족?"

뭐라고 말해야 하지? 어떻게 설명해야 하나…….

"좋아, 파트너끼리도 비밀은 있을 수 있지. 한유선. 단서가

약하지만, 그럴수록 가슴에서 뭔가 막 그냥 끓어오르고, 치타처럼 바람처럼 달리고 싶지. 왜냐, 대한민국 경찰이니까."

짭새의 말이 끝나기가 무섭게 재빨리 몸을 돌렸다. 신상 조회가 불법인 것쯤은 나도 안다. 짭새가 그냥 해 보는 말이겠지. 나를 언제 봤다고. '헤이, 마이 퓨처 파트너, 씨 유 순.' 하는 목소리가 등에 달라붙었다. 지하도 계단을 내려갔다. 동네북이 된 금싸라기 7번 출구 쪽을 잠시 바라보았다. 허망했다. 오 짭새 눈에 띄지 않는, 다른 안전한 곳을 알아봐야 한다. 개표구를 지나 승강장으로 내려갔다. 마침 열차가 정차해 있었다. 올라탔다. 자리가 없어서 출입문 옆에 기대섰다. 출입문이 닫히고 유리창 밖 풍경이 움직이기 시작했다.

짭새가 정말로 한유선 그 할머니를 찾아내면 어떡하지? 또 하나의 광맥으로 쓸까? 그러고 싶진 않다. 선생의 첫사랑이자 마지막 사랑일지도 모를 그녀. 그녀는 선생을 기억할까? 수정이는? 수정이는, 나를, 기억할까? 손을 주머니에 찔렀다. 핸드폰이 만져졌다. 손끝에 돌기가 솟는 것 같았다. 네 정거장쯤 지났을 때 핸드폰을 꺼냈다. 손도, 가슴도 떨렸다. 몇 번 심호흡하고 나서, 문자를 찍었다.

수정아, 나 두공이야. 기억할지 모르겠다. 우연히 네 연락처 알게 돼서 아는 척해 본다. 잘 지내지?

보낼까, 말까? 다시 두 정거장을 지나고 나서 전송 버튼을 꾹 눌렀다. 핸드폰을 꼭 쥐었다. 답장해 줄까? 손이 축축해졌다. 에어컨이 빵빵하게 나오는데도 손에서 자꾸 땀이 났다. 다른 사람 핸드폰이 울릴 때마다 나도 모르게 움찔하고, 핸드폰 쥔 손에 힘이 들어갔다. 핸드폰은 계속 잠잠했다. 환승역에 가까워졌을 때 후후훗, 헛웃음이 나왔다. 핸드폰을 주머니에 쑤셔 넣었다. 미친놈. 에이, 쪽팔려.

환승하려고 지하철에서 내렸다. 현재 1시. 요양원에 가기에는 좀 이른 감이 있었다. 엽서를 받고 선생한테 성의 표시를 하려면 어느 정도 시간이란 게 필요할 거다. 일찍 가서 괜히 눈치 보며 시간 낭비할 필요는 없다.

'그동안 알바 자리나 알아봐야지.'

화장실 칸막이 안으로 들어갔다. 가방에서 추리닝 상의를 꺼내 입고, 모자를 눌러쓰고, 안경을 꼈다. 밖으로 나와 출구 안내판을 올려다봤다. 출구가 모두 열한 개. 5번 출구에 촉이 왔다. 안내판을 보니 출구 밖 50여 미터 지점에 재래시장이 있었다. 사람도 꽤 많고 정말 괜찮은 자리였다. 이제는 리허설 겸 실전에 들어가야 할 차례. 계단을 올라가다가 중간쯤에서 발목을 삔 척하며 주저앉았다. 다리를 주무르면서 행인들이 뜸해지기를 기다렸다. 드디어 때가 왔다 싶은 순간, 맞은편에 선글라스를 쓴 아저씨가 자리를 잡고 있는 게 눈에 들어왔다. 아저씨는 한쪽 팔이 없었다. 아저씨는 투명 테이프로 감싼, 빈 컵라면 그릇을 놓고 능숙하게 하모니카를 불었다. 터줏대감이 분명했다. 탐색 종료! 자리에서 벌떡 일어나 계단을 내려왔다. 나머지 출구는 알아보고 말고 할 것도 없었다. 한 지하철역에서 같은 업종끼리 경쟁할 수는 없다. 이 알바의 특성상 두 구멍에서 동시에 자리를 깔면 동정심은 낮아지고, 통행에 방해된다는 신고 전화가 빗발칠 거다. 변장을 풀고 소품들을 가방에 몰아넣었다.

알바 터는 나중에 알아보기로 하고, 이제 그만 오늘의 하이라이트에 집중해야 한다. 자판기에서 음료를 뽑아 빨며 기분 전환을 한 다음 지하철을 갈아탔다.

긴장과 설렘이 뒤섞였다. 들꽃요양원이 가까워질수록 더욱 그랬다. 숨을 크게 들이마셨다. 선생한테 도움받은 사람들, 선생에게는 제자인 그들은, 아니 내 금덩어리가 되어 줄 그들은 엽서를 받고 어떻게 반응했을까? 선생에게 진 빚, 그로 인한 부담을 안고 내가 원하는 시나리오대로 행동했어야 하는데, 그래야만 하는데.

과연 오늘 얼마나 많은 금광을 발견할 수 있을까?

18
잘 익은 걸로

여느 때와 달리 대문이 열려 있고, 그 앞에 오토바이가 서 있었다. 마당 안이 조용했다. 현관 계단을 올라가는데 안에서 퀵서비스 배달원이 나왔다. 사무실 문 앞에 웬 난 화분이 놓여 있었다. 뭐지? 앗싸, 대박! 첫 번째 금광이었다. '송만관 선생님 생신을 진심으로 축하드립니다.'가 리본에 적혀 있었다. 보낸 사람 이름을 수첩에다 잽싸게 적었다.

"작년까지만 해도 이런 일이 없었는데."

사무장이 고개를 갸웃했다.

"그러게요. 전에 없던 일이라 좀 당혹스럽긴 한데, 그래도 기분은 좋은데요. 나한테도 이렇게 관심 갖고, 선물 보내 주겠다는 사람 없나? 어, 왔어?"

뽀글이 여직원이 나를 보고 반가운 얼굴을 했다.

"잘 왔어, 두공 학생. 거기 난 화분 있지? 들고 따라와."

사무장이 책상 위에 놓인 소포를 들고 앞장섰다. 두 개였다. 밑에 받친 소포는 제법 컸다. 나는 난 화분을 안고 쫓아가며 앗싸, 또 한 번 쾌재를 불렀다.

2층으로 올라갔다. 휴게실에서 노인들이 담소를 나누며 차를 마시고 있었다. 선생은 한쪽에서 고무찰흙을 만지작거리며 뭔가를 만들고 있었다. 나는 들고 있던 난 화분을 선생 앞쪽으로 놓았다.

"아침에 미역국 잘 얻어먹었고, 저녁에 촛불 켜는 거만 남은 줄 알았는데."

"일가친척 하나 없는 사람이 그래도 귀빠진 날이라고 받을 건 받네."

노인들이 선생을 측은하게 바라보았다. 선생은 머리를 수그리고 찰흙만 만지작거렸다. 가만 보니 선생이 만들어 놓은 게 있었다. 사람과 물고기였다. 사람은 물구나무선 듯 거꾸로 놓았고, 물고기는 꼬리가 없는 대신 옆구리에 날개 같은 게 붙어 있었다.

"할아버지, 생신 선물 왔어요. 제가 풀어 볼게요."

사무장이 소포를 선생 앞으로 내밀며 말했다. 선생이 사무장을 보며 헤헤거리고는 다시 찰흙에 눈길을 고정했다. 사무장이 작은 소포를 먼저 뜯었다. 고급 만년필 세트. 생신을 축하한다는 짤막한 카드도 들어 있었다. 카드까지 넣은 마음 씀씀이로 보아 금맥이, 금덩어리가 되어 줄 게 분명했다.

"송 씨한테 어울리지도 않는 것을 뭐 하러 보냈누."

"사람이 달라졌는데 영 깜깜한 게지."

노인들이 선생과 만년필을 번갈아 보며 끌끌 혀를 찼다.

사무장이 남은 소포의 포장지를 벗겼다. 상자 뚜껑을 열었다. 한과였다. 여태 관심을 보이지 않던 선생이 고무찰흙을 놓고 과자를 두 손으로 덥석 쥐었다.

"어르신들도 같이 드세요."

사무장이 말했다. 노인들이 송 씨 덕에 입이 호강한다며 과자를 한두 개씩 가져갔다. 선생이 과자를 통째로 입안에 몰아넣고 아귀아귀 씹어 대다가 또 과자를 집어 들었다. 누구도 선생을 말리지 않았다. 저러다 탈 난다고, 아침에 미역국을 두 그릇이나 비웠다고 하면서도 생일 맞은 선생이라 그냥 두고만 봤다. 사무장이 건네기에 나도 과자를 입에 물었다. 사무장을 부르는 여직원 목소리가 들렸다. 사무장이 내게 포장지를 치워 달라 부탁하고는 아래층으로 내려갔다. 나는 포장지를 거둬 복도로 나온 다음 발송지란을 뜯었다. 주소와 이름이 적힌 걸 확인하고 그대로 가방에 넣었다.

보낸 엽서가 모두 열다섯. 그중 반응을 보인 것이 현재 셋.

아직 남은 시간을 고려하면 꽤 괜찮은 상황이었다. 사실 열다섯 장의 엽서 중 절반만 반응이 와도 성공이라고 생각했다. 그랬는데 잘하면 열 곳 이상의 금맥을 확보할 수도 있을 것 같았다. 얼마나 큰 금덩어리를 캐내느냐 하는 일만 남은 것 같았다!

포장지를 휴지통에 넣고 사무실로 내려갔다. 막 통화를 끝낸 모양이었다. 수화기를 내려놓는 사무장 손에 볼펜이 쥐여 있었다.

"누가 엽서를 보내서 송 할아버지 생신을 알린 모양이야."

사무장의 말에 여직원이 눈을 깜빡이며 물었다.

"그럼 선물도 엽서 때문이겠네요?"

"아마도. 근데 엽서를 대체 누가 보냈다는 거지?"

가슴이 찔끔했지만 그보다 궁금한 게 있었다. 사무장과 통화한 사람이 누구? 그걸 알아야 만약의 사태에 대비할 수 있다. 선생 돈 받아 내겠다고 멋모르고 달려들었다가 자칫 낭패를 볼 수 있다. 아무리 인터넷상으로 접근한다고 해도 조심, 또 조심해야 한다. 사무장 옆으로 갔다. 아니나 다를까, 책상 위에 메모지가 있었다. 거기 적힌 이름을 머리에 저장시켰다.

"그래서 여기 찾아온대요?"

"너무 멀어서 오늘 당장은 어렵고, 자기보다 가까이 사는 후배한테 연락해 보겠다고 하는데."

후배라고? 일이 이상하게 돌아가는 게 아닌지 약간 불안했다. 엽서 수신자들을 서로 다른 가정환경조사서에서 뽑았다. 학교도, 졸업 연도도 각각 다르게 했다. 나름대로 그들을 철저하게 분리시키고 고립시킨 거다. 그런데 후배에게 연락을? 그것도 여기서 멀지 않은 곳에 사는 후배라고? 어떡하지? 어쩔 수 없다. 일단 이번 건 하나는 폐광시키는 수밖에. 대박을 터뜨리는 데 걸림돌로 둘 수 없다.

"두공 학생, 오늘은 복도 청소 했으면 하는데. 가능하겠어?"

사무장이 내게 눈을 찡긋하며 말했다. 오늘만큼은 '싫고 좋고'가 있을 수 없다. 무조건 긍정적 태도를 보여야 한다. 화장실 옆 다용도실로 갔다. 대걸레를 잡았다가 도로 놓고 빗자루와 쓰레받기를 챙겼다. 시간을 끌어야 한다. 선생 앞으로 배달되는 것들을 점검해서 대박 금광을 가려내야 한다. 복도 끝으로 갔다. 일부러 천천히 바닥을 쓸면서 현관 쪽으로 신경을 곤두세웠다.

핸드폰이 울렸다. 비질을 멈추고 바지 주머니 속에 손을 넣었다.

"무겁지 않아? 가방 내려놓고 해."

2층에서 내려온 사무장이 나를 보며 말했다. 아뿔싸. 신경이 온통 한곳에 쏠려 부자연스러운 상황을 만들었다. 주머니에서 울리던 신호음이 끊겼다. 사무장이 어깨를 으쓱하고는 사무실로 들어갔다. 나는 재빨리 창고로 갔다. 가방에서 일기와 가정환경조사서를 꺼내 원위치 시켰다. 창고에서 나오는데 핸드폰이 울렸다. 아우, 누구야, 자꾸 신경 쓰이게. 핸드폰을 아예 죽여 놓으려고 했다. 헉! 수정이! 머리가 멍했다. 대꾸조차 안 해 줄 줄 알았는데.

"수, 수정이니?"

나도 모르게 말을 더듬었다.

"그래, 안녕? 반갑다."

수정이 목소리는 조심스러우면서도 밝고 부드러웠다.

"어, 나도."

"문자 받고 많이 놀랐어. 근데 내 핸드폰 번호를 어떻게 안 거야?"

"어, 그거? 그게, 그게 말이야……."

"곤란하면 말 안 해도 돼. 나중에 해도 되고……. 뭐 하니?"

"그, 그냥, 바람 쐬고 있어."

"나도 아침저녁으로 그러는데. 혹시 호수공원 알아, 종합운동장 옆에 있는?"

"어."

알아도 아주 잘 알지.

"거기서 산책해. 그 근처가 우리 집이야."

어, 하고 대꾸하려다가 어물거렸다. 어 말고 다른 말 없을까? 멋지지는 않더라도 지루하지는 않을 말. 하지만 마땅한 말이 얼른 생각나지 않았다. 초조해지는 심장 한가운데서 달팽이가 갈피를 못 잡고 더듬이만 꼬물거리는 것 같았다. 침묵이 불편했는지 수정이가 먼저 입을 열었다.

"연락해 줘서 고마워. 안녕."

"어, 안녕."

에이! '어'밖에 못 하는 멍청이. 핸드폰으로 내 머리통을 한 대 갈겼다. '안녕'이라는 수정이 목소리가 머릿속에 통증처럼 남아 한참을 머물렀다.

복도로 돌아와 다시 빗자루를 집어 들었다. 복도를 다 쓸 때까지 금광 탐색은 답보 상태였다. 드나드는 배달원이 전혀 없었다. 걸려 오는 전화라도 있겠지 기대했지만 역시 아니었다. 뭔가 일이 꼬이는 게 아닌가 싶었다. 아냐, 그럴 리 없어.

대걸레로 복도를 박박 문질렀다. 노인들이 2층에서 내려와 강당으로 몰려갔다. 선생이 꽁무니에 붙어 따라가다가 멈추더니 이내 길 잃은 아이처럼 두리번거렸다. 고장 난 나침반 자침처럼 불안하게 제자리를 맴돌았다. 댄스곡이 흘러나왔다. 강당에서였다. 선생이 맴돌이를 멈추고 춤추듯 엉거주춤한 자세를 취했다. 강당에 데려다줘야 하나?

"헤헤, 배고파. 헤헤헤, 배고파."

나를 보고 헤헤거리는 선생 배가 복어처럼 불룩했다. 푸르르 푸르르르 푸르르르르. 소리가 연달아 났다. 쿠린내가 진동했다.

"참, 하필 오늘 같은 날……."

여직원이 사무실에서 나와 미간을 찡그리며 말했다.

"기저귀 채웠지?"

사무실 안에서 사무장 목소리가 들려왔다. 여직원이 "예." 하고는 선생을 데려가서 보건실 문을 톡톡 두드렸다. 안에서 나온 간호사가 여직원을 거들어 선생을 욕실로 데려갔다. 다시 대걸레를 잡았다. 선생이 옷을 안 벗으려고 하는지 욕실에서 선생을 어르는 말소리가 들려왔다. 퀵서비스 배달원이 소포 하나를 들고 현관으로 들어섰다. 나는 자석에 이끌리듯 배달원을 쫓아 사무실로 갔다. 정수기 앞에서 종이컵에 물을 받아 마시는 척하면서 책상 위에 놓인 소포를 확인했다. 젠장, 꽝이었다, 꽝. 금덩어리 하나 채굴하기가 이렇게 어렵다니. 손에서 진땀이 났다. 똥줄에 불붙을 것 같았다. 엽서를 받고 전화했던 그 사람, 그 사람이 대신 보낸다던 후배는 어떻게 된 거지? 이미 폐광된 것으로 간주했지만 상황이 상황인지라 그마저도 궁금했다.

사무실에서 나왔다. 화장실에 가서 오줌을 누고 얼굴에 찬물을 끼얹었다. 정신 차리자, 밥뚜껑. 곡괭이를 잠시라도 놔선 안 돼. 알지? 거울 속 녀석을 격려하고 윗옷으로 얼굴의 물기를 대충 닦아 냈다. 화장실에서 나오는데 핸드폰이 울렸다. 혹시 수정이? 아니었다. 낯선 번호였다. 아까 주머니 속에서 울었던 그 번호. 껐다. 현관 앞을 지나는데 또 전화가 걸려 왔다. 같은 번호였다. 수정이 때문에 이제는 죽여 놓을 수도 없고, 에잇, 짜증 나게 누구야? 전화 소리가 복도에 공명을 일으키듯 계속 울렸다.

　"안 받아?"

　여직원이 새 옷을 가지고 목욕실로 가면서 내게 말했다.

　나는 마지못해 핸드폰을 귀에 붙였다.

　"아들! 엄마야, 엄마!"

　숨이 턱 막혔다. 아무런 대꾸도 하지 않았다. 아니, 못했다. 머리로 피가 솟구치는 것 같았다. 마음 같아서는 그냥 달아 버리고 싶은데, 핸드폰을 귀에서 뗄 수가 없었다. 저쪽에서 "엄마야, 엄마라고, 내 말 안 들려?" 하고 외쳐 댔다.

　"왜?"

　"아들 맞지? 왜 전화 안 받았어? 저가 얼마나 걱정했다고."

　"왜? 내 걱정을 왜 해? 그리고……."

　나도 모르게 목청이 날카롭게 올라갔다. 사무장이 무슨 일인가 싶어 사무실 밖으로 머리를 내밀어 나를 보았다. 나는 현관 밖으로 나가며 소리 낮춰 말했다.

"앞으로 전화 같은 거 하지 마."

"미안해……, 저가 많이많이 미안해."

"아니, 미안해할 거 없어. 미안하다고 될 일 아니잖아."

엄마한테서 아무런 대꾸가 없었다. 한숨인지 바람인지 모를 소리만 짧게 스쳐 갔다. 침묵, 그 침묵의 의미를 정말 견딜 수가 없었다. 전화를 끊어 버렸다. 앞으로는 엄마 전화 절대 안 받아. 이상한 번호는 뜨는 즉시 모조리 차단해 버릴 거야. 수신 거부 해 버릴 거라고. 핸드폰을 움켜쥔 채 속으로 악썼다. 가슴속에서 모난 덩어리들이 들끓으며 부딪쳤다. 가슴이 터질 것 같았다. 가슴 위로 넘친 모난 덩어리들이 쿡쿡 찌르며 온몸으로 퍼져 나가는 것 같았다. 아킬레스건이 찌르르했다. 달리고 싶었다. 나를 옥죄는 것들이 다 타 버릴 때까지, 내 가슴 밑바닥에 도사린 것들이 모조리 녹을 때까지, 달리고 또 달리고 싶었다. 캄캄하기만 한 나의 미래, 겹겹이 나를 둘러싼 잿빛 안개를 획획 제쳐 내며…….

철컥.

대문 열리는 소리가 났다. 마당으로 웬 남자가 성큼 들어섰다. 후줄근한 옷차림새인 그는 한쪽 다리를 절었다. 어! 문구점 그 남자였다. 복잡하고 굳은 표정이었다. 그의 손에 검은 비닐봉지가 들려 있었다. 불룩불룩했다.

 엇박자를 내는 그의 급한 발걸음이 불안해 보였다. 계단을 오르던 그가 넘어지며 비닐봉지를 놓쳤다. 복숭아 몇 개가 계단 아래로 굴렀다. 재빨리 복숭아를 주워 담은 그가 현관 안으로 뛰듯 들어갔다. 내 발 옆에 복숭아 하나. 그가 미처 보지 못한 거였다. 복숭아를 집어 드는데, "선생님! 아버지!" 하고 울부짖는 소리가 났다. 느티나무에서 앵앵 울어대던 매미 소리가 뚝 그쳤다. 오열하는 소리만이 뜨겁고 눈부신 여름 한낮의 마당을 꽉 메웠다. 시간이 강물처럼 아주 느리게 흐르는 것 같았다. 내 손안의 복숭아에서 단내가 났다. 발그레하니 잘 익은 복숭아였다. 한순간 눈두덩이 맵다 싶더니, 복숭아가 흐리게 보였다. 눈을 질끈 감아 버렸다. 그래도 냄새는 났다. 아주 오래전에 맡았던 냄새와 정말 비슷했다. 냄새가 내 몸 깊숙이 뭉글뭉글 밀려들었다.

 '선생……님…….'

 꾹꾹 접혀 내 몸 안에 눌려 있던 열일곱 줄의 나이테들이 일제히 냄새를 쫓아 물빛 날개를 펼치는 것 같았다.

 '지금…… 제 인생…… 잘…… 익고 있을까요?'

이러궤는 모싸랑

2-3 구은갑 & 고딩 2 밥뚜껑

모싸라

모싸라

이러궤는 모싸랑

모싸라

모싸라

이러궤는 정말 모싸랑

spring   (뛰어오름, 봄......)

그래도 spring

두 물팍 꺾이더라도

spring

무조건 spring

언젠가 세상은 내 편일 테니까

히힛, 후훗

(두공이가 고2 때 은갑의 허락을 받아 덧붙인 시)

평범한 삶조차 어려운 경우가 있다. 깊은 상처를 안고 있을 때다. 위로받거나 치유되지 못하면 상처와 연관된 일이나 상황에서 더욱 경직된다. 평범함의 구심점으로부터 멀어질수록 일상의 주목거리가 된다. 그것이 선이든 악이든 경계를 구분 지을 수 없는 그 무엇이든. 그것들은 주변에 영향을 미친다. 주변인들의 뇌리에 뭔가를 각인시키기도 한다. 영향받고 각인된 것들로 말미암아 누군가의 삶이 변하기도 한다. 깊은 상처가 결국 변화를 자극한 셈이다. 변화가 원망이나 파괴가 아니라 반성과 성찰이었으면, 소망과 기쁨과 사랑으로 이어졌으면 좋겠다.

많다, 학교마다, 학원마다, 학생들도, 교사들도. 그런데 어떤가, 스승과 제자는? 많은가, 적은가? 이런 말을 꺼내는 게 부담스럽고 곤혹스럽다. 사회 공동체 일원으로서 무거운 책임감을 느끼지 않을 수 없고, 부끄럽기도 하다.

인간은 불완전하다. 청소년은 더욱 그러하다.

이 말에 동의한다. 동시에 보다 개성적인 인간으로 성장하기 위해 서로 차이를 만들어 가는 과정에 놓인 존재라는 생각도 든다. 어제의 '나'와 오늘의 '나'가 여건에 맞는 부단한 세포 분열을 통해 서로 점점 구분되어 가는 존재, 청소년.

차이가 날수록, 구분이 확실해질수록, 경계선은 뚜렷해진다. 경계선이 뚜렷해질수록 공감과 배려에 대한 이해와 인식도 강화되어야 하지 않을까.

어제의 '나'는 오늘의 '나'와 동행하고 있으며, 오늘의 '나'를 내일의 '나'가 기다리고 있음을 믿기까지 나는 아주 많은 날을 보내야 했다. 내 안에 내가 여럿이어서 나는 불분명하고 불투명했다. 갈래갈래 흩어진 그 여럿을 뚜렷한 하나로 모으고 싶었지만 참 어려웠다. 열일곱 살을 전후로 해서는 특히 더 그랬다.

지금도 내 삶은 종종 툭툭 불거져 마디지고, 맞닿은 마디 여러 곳에서 서로 공유하거나 소통하지 못해 심한 불협화음을 낸다. 한 가지 다행인 것은 참고 기다릴 줄 안다는 거다, 열일곱을 전후로 한 그때보다는.

고등학교 1학년 여름 방학 때 윤동주의 시집을 읽었다. 그 안에 '팔복(八福)'이 있었는데, 나중에 그 원전을 알아보니 성경 마태복음 구절이었다. 다음과 같다.

심령이 가난한 자는 복이 있나니 천국이 그들의 것임이요
애통하는 자는 복이 있나니 그들이 위로를 받을 것임이요
온유한 자는 복이 있나니 그들이 땅을 기업으로 받을 것임이요
의에 주리고 목마른 자는 복이 있나니 그들이 배부를 것임이요
긍휼히 여기는 자는 복이 있나니 그들이 긍휼히 여김을 받을 것임이요

마음이 청결한 자는 복이 있나니 그들이 하나님을 볼 것임이요

화평하게 하는 자는 복이 있나니 그들이 하나님의 아들이라 일컬음을 받을 것임이요

의를 위하여 박해를 받은 자는 복이 있나니 천국이 그들의 것임이라

이 땅의 학생들에게, 교사들에게 팔복이 임하기를 진심으로 바란다. 아니, 어쩌면 벌써 넘치게 받고 있는지도 모를 일이다.

열일곱 그대들이여

몸과 영혼으로 마음껏 세포 분열 하기를

소중하고 아름답고 사랑스러운 차이를 만들어 가기를

눈부시고 뜨거운 것들을 나이테에 새기는 순간들을 맞닥뜨리기를!

냉소적으로, 혹은 감사함으로!

꿈꾸고 노래하고 감사하며

유타루

J는 제가 학교에서 맡은 동아리 학생 중 한 명입니다. 어느 날 J는 출석 체크를 맡은 B에게 봉사 활동을 하지 않고도 "야, 내 이름도 체크해."라고 하더군요. 제가 개입했죠. 허용할 수 없다고요. 하지만 제 말은 아랑곳하지 않았습니다. "야, 내가 체크하랬잖아, 뭐 해?"

처음 요구엔 어리니까 그럴 수도 있지, 했지만 두 번째 요구엔 정색했습니다.

며칠 뒤 주말 오후, 저는 J로부터 6시간가량 내내 문자 톡을 받았습니다.

– 선생님은 지각, 무단결석 다 봐주면서 왜 저는 봐주면 안 되죠?

– 왜 안 되죠? 설명을 해 보시죠.

– 말하시죠, 말해 달라고요, 왜 말을 못 하시죠? 아주 제멋대로시네요. 저를 무시하는 건가요? 하긴 저한테 관심이 없으시겠죠. 사과하세요…….

고민하다가, 그동안 J가 해 온 여러 일탈을 상담 전문가 몇 분에게 털어놓았습니다. 그분들은 이구동성으로 말씀하셨습니다.

동아리에서 퇴출하고, 교권위원회에도 넘겨야 한다고요. 지금 당장은 벌처럼 여길 수 있으나, 옳고 그름을 명확하게 짚고 넘어가는 일이 J에게 꼭 필요하다고요.

그런데 저는……, 둘 다 하지 않았습니다. 늘 보는 떡 진 머리칼, 얼룩진 교복, 3년째 한 번도 바뀐 적 없는 밑창 얇은 J의 운동화 때문이었습니다. '저한텐 관심이 없으시겠죠'가 6시간 문자 톡의 핵심이 맞구나, 하는 생각이 명료해졌습니다.

그사이 J는 커다란 플라스틱 바구니를 제 앞에 집어 던졌고, 저와 눈이 마주치자 입 모양으로 욕설을 내뱉었고, 봉사 시간에 자리를 이탈하여 만화책을 읽었습니다. J만 생각하면 고통스럽습니다. 창피하지만 솔직히 그렇습니다.

이런 중에 《잘 익은 걸로》를 읽었습니다. 머릿속에 고장 난 청소기가 왱왱 돌며 춤을 추는 것 같았습니다. 공원 호수 언저리를 몇 바퀴나 돌면서 순서 없는 생각들을 떠올렸습니다.

송만관 선생님은 왜 제자들에게 빌려준 돈을 적어 두었지? 동생들을 지켜 내지 못한 죄책감을 왜 학생들을 통해 보상받으려고 했을까? 두공이는 선생 빚을 받아 내서 자기가 다 챙길 수도 있었을 텐데. 뭔가를 계속하고 있다는 것만으로도 굉장한 소년이야. 이해 안 되는 건 아니지만 두공이 엄마는 너무하네. 은갑이 아빠나 지하방 할머니 같은 사람이 있으니까 두공이도 버텼겠지. 그분들이 참 고맙다. 그나저나 이 작품 참 잘 읽힌다. 재미있게 잘 썼다…….

최근에 첫 장을 펼치고 이렇게 휘리릭 읽은 책이 없습니다. 본래 빠르게 읽지 못합니다. 그래서 단숨에 책을 읽어 냈을 땐 기념으로 아이스크림이라도 사 먹습니다. 그런데 《잘 익은 걸로》를 읽고 나서는 그러지 못했습니다. 기분 좋은 독서 끝에 두공이와 닮은 친구들이 떠올랐기 때문입니다. 필리핀 엄마가 애들만 두고 고향에 가서 방학 내내 다섯 살짜리 동생에게 밥을 해 먹이던 M. 엄마의 고국인 한국에 적응하지 못해 다시 아빠의 고국인 뉴질랜드로 돌아간 N. 아빠의 나라 방글라데시에서 온 지 얼마 안 되어 언어 때문에 주눅 든다는 S. 그들에게 저는 얼마나 다정했을까요?

　개인적으로 송만관 선생님과 저의 메모가 비교되어 마음이 쪼그라들기도 했습니다. 저는 학생들의 가산점과 봉사상, 생활기록부에 올라갈 내용을 위해 메모합니다. 반면 송만관 선생님은 아이들을 잘 보살피려고 메모하죠. 그래서 요즘 일에 빠져 있다가도 문득문득 떠오릅니다. "삭제하시겠습니까?" 저의 메모들을 두고 드는 생각입니다. 저는 또 이게 부끄러운가 봅니다. 작가의 표현대로 저는 지금 잘 익어 가고 있는 걸까요? 이 작품은 청소년 소설인데 어른인 저에게도 성장을 말해 주고 있네요.

　저는 이 책을 재미있게, 흥미롭게, 신나게 읽었습니다. 책을 덮고는 마음의 성장통을 앓았습니다. 그리고 나서 곰곰이 제 마음을 들여다보니 학교를 좋아하는 또 다른 제가 보였습니다. 학생들은 재기 발랄하고 유쾌합니다. 자유롭고, 명랑합니다. 초콜릿 과자 하나에도 호들갑스러워지는 학생들이 얼마나 사랑스러운지 저도 덩달아 입이 벌어집니다. 아이들을 보면 기분이 참 좋습니다.

음, 기분이 좋으니 가뭄에 콩 나듯 하는 저의 몰입 독서를 이제라도 기념해 볼까 하는 마음이 드네요. 돌아오는 금요일에 J에게 아이스크림 사 먹으러 가자고 하면……, 같이 가 줄까요?

사방이 온통 벽으로 둘러싸인 것만 같은 현실에서도 끊임없이 뭔가를 해내고 있는 지금 이곳의 청소년들과 어른들이 이 작품을 읽었으면 좋겠습니다. 저처럼 한바탕 몸살을 앓고 나면, 고통의 이면에서 생동감 넘치게 꿈틀대고 있는 자신을 발견하고 신바람이 날 거예요.

최은규(작가, 중학교 학교도서관 사서)